中国当代散文榜

我说泖

金卫其◎著

中国文联出版社

图书在版编目（CIP）数据

我说泖 / 金卫其著 . -- 北京：中国文联出版社，
2024.5
ISBN 978-7-5190-5510-3

Ⅰ．①我… Ⅱ．①金… Ⅲ．①散文集－中国－当代
Ⅳ．① I267

中国国家版本馆 CIP 数据核字（2024）第 095752 号

我说泖

著　　者　金卫其
责任编辑　王　斐
责任校对　胡世勋
装帧设计　悟阅文化

出版发行　中国文联出版社有限公司
社　　址　北京市朝阳区农展馆南里10号　　　邮编　100125
电　　话　010-85923025（发行部）　　010-85923091（总编室）
经　　销　全国新华书店等
印　　刷　三河市华东印刷有限公司

开　　本　787毫米×1092毫米　　1/16
印　　张　14
字　　数　244千字
版　　次　2024年5月第1版第1次印刷
定　　价　78.00元

作者与著名作家、《美文》杂志主编贾平凹合影（2008年）

作者与著名作家、黑龙江省作协主席迟子建合影（2008年）

　　作者与著名当代文学研究学者，新诗理论家、批评家，北京大学中文系教授、博士生导师谢冕合影（1993年）

作者与著名诗人、北京师范大学特聘教授西川合影（1993 年）

作者与青年诗人、散文家黑陶合影（2021 年）

序

丰收的日子

詹政伟

　　偶尔去金卫其那里，他喜欢开着他的"巡洋舰"，带着我去田野里兜兜风，当然，并不是毫无目的的闲逛，而是直奔他的"领地"。他的领地在哪里呢？说出来你也许不大会相信，就在离他家五六公里远的水云庄，水云庄范围不小，那里是上海一个大建筑公司（家树建设集团）的苗木基地，足足有八百多亩，那里种着无数的树木，当然还有无数的瓜果……

　　不管春夏秋冬，你总是能在他那里领略到四季的美好，领略到丰收的美好。所以，他开着车，慢慢地从那些葱郁的树木和飘香的瓜果中穿梭而过的时候，你会不由自主地被他的介绍吸引："哦，你看左边那片，是香樟啊，种下去时才一个手臂粗，现在，树径都有20厘米左右了……""左边，全是榉树，别看还是矮矮的，用不了多长时间，它们就蹿成一层楼高……""哦，那边有我的一个学生研学基地，原先是三户人家，搬走了，我把它盘了下来，准备做个书院，它的旁边我还想建一个私人博物馆……"当他说这些的时候，那种成就感，那种自豪感，不是一般人能体会到的。所以，有很多次，我愿意让他一手把着方向盘，一手指向车窗外，滔滔不绝地讲他的树和他的研学基地，因为他讲这些的时候，是神采飞扬的，是精神抖擞的，那副样子，很像一个农民站在自己的庄稼前，激情澎湃地讲述他收获的酸甜苦辣……

　　说起来，和金卫其相识有30多年了，20世纪80年代末，当他还是新埭中学高中学生的时候，我就去他所在学校的扬帆文学社做讲座。认识他，是经由翁文松和郑冠炼老师介绍的，翁文松是金卫其高中语文任课老师，郑冠炼是文学社的辅导老师。当时，翁老师很认真地对我说："我有个学生金卫其，他很喜欢写诗，在介绍自己时喜欢说'我是诗人金卫其'，你看看，是否是块文学的料？"他随后还特意补充了一句，"这个小青年蛮刻苦，蛮努力的。"哦？

新埭还有这样一个有个性的文学青年？我的兴趣一下来了，因为那个时候，在平湖这样一个县城里面，敢这样大言不惭给自己如此命名的人委实不多，他们像大熊猫一样珍稀，因为这需要巨大的勇气，我想那时候，一定有理想的光环笼罩着他，才让他敢口出狂言。而我那时候的身份是文化馆的专业创作干部，主编平湖市唯一的文学刊物《金平湖》，本职工作就是辅导各行各业的文学爱好者，编辑发表其中优秀者的诗文。因为金卫其由翁老师郑重推荐，所以一定要见见这个人，看看是不是一棵文学的好苗子。第一次见面，发现他长得有点像俄罗斯人，钩鼻，高额，超下巴，浓眉，大眼，天然的卷发，一副硬派小生的模样。当时心中闪过一念。他搞写作？不是轻视，而是怀疑，而且这种疑惑一直持续了很长一段时间，恕我直言，我对长相俊朗的写作者持怀疑态度，担心他们受不了写作的苦。这种担心一直持续到后来金卫其进入报社，彼此真正熟悉起来才慢慢消除。

我突然发现，以貌取人还是有偏见的。这个长相俊朗蛮像外国人的新埭人还是非常有韧劲和钻劲的，也许离开学校以后，他有了太多的社会经历，从而让他的脑袋瓜变得灵活起来，而且还特别爱琢磨。这对写作肯定是有利的，所谓思想到时文章自然老。他的一个非常突出的个性也及时地凸显了出来——你以为他做不了的事，他却能默默给你做好。他是一个喜欢暗中使劲的人，正因为他是默默地在努力，当他把他的成果展示出来的时候，常常会引起一些歧义，但他一直沉默着。他的微信昵称就是"新埭牛"，"新埭牛"的另一个注释是实实在在干活的牛，有点一根筋的牛。好多时候，他理直气壮地叫自己"新埭牛"，颇有自己大名都不要了的气概。

年轻时的金卫其稚嫩而充满激情，动不动就爱晃着他硕大的脑袋和你争辩，像极了诗人普希金。他愤怒的时候，双拳紧握的时候，你会担心他会扑过来，给你一顿猛击，事实却是，他会很好地控制情绪，慢慢地将怒火消灭在萌芽状态，这点和普希金不同。这种本事，让他在后来的工作中增色不少。

我不知道金卫其后来是不是凭文章进入学校当代课老师的，也不知道他是不是凭文章进入企事业单位的，但有一点可以肯定，那就是，厚实的文字功底帮他最终圆了一个记者的梦。虽然大多数时间，他是以一个摄影记者的身份出现的，用光与影说话，但我依然认为，没有文字基础的助力，他是不可能拍出众多有想法的摄影作品的。这么多年了，我越来越惊讶地发现，金卫其实是一个干一行爱一行的人，每次投入新的行当时，他会表现得特别钻研，钻研到最后，他会成为一个行家里手。他的身份有多少呢？作家、诗人、书法家、文化公司老总、陆稼书研究者、儒学研究者、无讼文化研究者、清廉文化研究者……他实在是一个杂家，每一项，都能说出个子丑寅卯来，这已经是一件非常了不起的事了。

可以这么说，在我们相识的30多年里，我和他的接触十分有限，这缘于彼此都为稻粱谋，劳顿而繁杂。文学创作是副业里的副业。还有就是后来他去桐乡工作了，两地相隔，联系就更少了。再后来，他辞去报社的工作，又回平湖创业了。生活有点魔幻，但其间的真实却一波三折，回肠荡气。他和我说："我要重新回到作协队伍中来，要潜心写点东西，把那些乌七八糟的东西统统丢掉！"我说："你本来就应该多写点，这些年，漂泊的生活，多多少少还是影响了你的写作。"他默然不语，但痛苦的表情一览无遗。一度，我还开玩笑说他，认为他把赚钱做生意、吃喝拉撒、家长里短的东西考虑得实在太多了，多到都没时间去接触文学、思考文学了。他既要搞文化公司、张罗泖河村陆稼书故居及研究会的事，又要关心无讼源基地，还要了解它的来龙去脉……那么多的人要接待，那么多的事要处理，事无巨细，样样都要亲自去过问一遍……这想想都是叫人头皮发麻的，但他似乎总有能力将它们处理得停停当当。每次扯起这些话题，他总是憨厚地一笑，"我是物质与精神一起抓，要双丰收。文学要搞，但生活质量也要提高，我不能在茅草棚里写文章，否则太对不起丰收了！"金卫其出生于新埭公社丰收村（后并入泖河村），他给自己取的第一个笔名就叫"丰收"。

时间也真是快，一忽儿一年过去，一忽儿五年过去，一忽儿又是八年过去……金卫其回故乡也快十年了，虽然和他同处一个城市，但我们彼此还都是忙，这个时代的特征就是忙碌。一年里难得见上几次，更多的是在微信上见面，知道相互的一些概况，但细里细的东西实在无法梳理纹路。最让我吃惊的是，金卫其某一天突然跳槽到了新埭镇兴旺村美丽乡村景区，被聘担任上海家树建设集团公司旗下的嘉兴市家树文化旅游有限公司副总经理，专门负责文化旅游那一摊子。他到那里以后，以文化说话，把那块地方搞得风生水起，连空气里也布满了文化的味道。印象里，我似乎陪外地来的朋友去看过他一次，他那时戴着草帽，本来就黑的脸更黑了，身子也更粗壮了，但精神气不减，手叉在腰里，指挥一班人干这干那。那时候，他正在装修水云庄民宿，看见我，他露出微笑，说："接下去我还要当校长，专门管成千上万的树学生！"

私下里坐下来聊几句，他才略显疲惫地告诉我，搞文化旅游，对他来讲，也是件新鲜事情，并不像外界说的那么容易，一切都得从头开始。一切都靠自己打拼，别人看到的都是荣耀，只有自己明白，血水和汗水是什么时候流下的。他还声音低沉地说了一句："命运赐给你的每样东西，其实都暗合了价格。"

　　我会心地一笑。瞧瞧，这就是诗人金卫其。他如此说，似乎为了印证他这个诗人还是名副其实的，是有文学质地的。

　　写了那么多的印象记，现在开始说说正题吧。

　　金卫其打算出一本散文合集《我说溆》，我当然是高兴的，虽然他一开始是写诗歌的，但我一直认为散文可能更适合他，因为他的生活其实没有多少诗意，诗意是他硬套的，或者是别人强加给他的。还有，诗歌一直有所谓的章法，而他又是一个不喜欢章法的人。现在细想想，如果他讲章法的话，也就不可能有现在的金卫其，也许正是因为他讨厌墨守成规，才造就了今日的金卫其。我猜测，金卫其出这本书的动机，更多的源自对生他养他的新埭这片土地的热爱，否则，他已经出了十多本书了，似乎没有必要再出这么一本合集，因为这本书叫《我说溆》，是说他的家乡溆水的。

　　我很少看到金卫其慌张，唯独当他被人曲解或误解时，我从他的眼里看到了哀伤，看到了无助，看到了人性的丑陋，看到了普通人对人生的无奈，看到了对未来的茫然……每当这样的时刻，我往往会说："你要写，继续写，只有写，才能减轻你心中的痛苦，才能更明白一些东西，你要把好人和坏人都写进书里，因为文字比人生更长久。"

　　事实上，即使我不提醒，金卫其也是会写的。在他身上，我曾经不止一次说过的话得到了充分的印证，文学是一种宿疾，只要染上了，它就在那里蛰伏着，你也不知道它什么时候会发作。但我更想说的是：文学的美好，就在于他消融了我们日常生活的胃，而且还温暖了我们的心灵，让我们变得更成熟，也更为坚强。其实，你看看他的集子里的文章，你就会明白，金卫其确确实实受了文学的庇荫，能让他有别人所没有的坚定和坚韧。

　　金卫其开文化公司、做出版、做策划；搞文旅、搞研学、办书院……的间隙，见缝插针地看了五花八门的许多书，其中对陆稼书的研究到了痴迷的程度，所作所为，所思所想，所言所语，均能与陆稼书沾边。他有一句话说得实在："作为新埭人，不为陆稼书的孝廉和方正做点事，说不过去。"于是，他绞尽脑汁要著书立说，要建馆立舍。这样的举动，肯定有非议，有各种反对之声，好在他都一一挺了过来。这委实不易，值得尊重。

我这么说金卫其，并不是讲他的作品已经相当成熟了，总归还有这样那样的缺陷与不足——技术层面、思想与精神维度、创新能力等，这些都是需要他在以后的写作中，一点一点地去提升的。我只是说，他的好多作品能默默地告诉你一些个性明显的东西，无数的日常生活经过岁月的沉淀，开凿出来的诸多属于他的人生哲理，他想与人分享……这就够了，这难道不是文学的本义？仁者见仁，智者见智，在一个几乎人人都是写手的年代，写出有品质的作品成了一个高难度动作。我对他说过，一个人20岁写的作品和50岁写的作品肯定是不同的，因为时代变了，人也是变化着的。文学同样也是需要与时俱进的，但时时刻刻需要向经典学习，向经典致敬。一个人不故步自封，这本身就是进步。

金卫其在好多场合说过，文学不是他生命的全部，只是他生命的一部分。我认为很对，说文学是一个人生命全部的话，要么假，要么作秀。我历来反对非黑即白的简单二元思维。为什么一个作家就不能是正正常常的人，非得装神弄鬼，显得比别人高大上？好像不食人间烟火一样。金卫其最为感动我的地方，就是白手起家，白地上结篱笆，靠着自身的努力达到了自己想要达到的高度，我对一切自强不息者肃然起敬。

昨天的痛，很有可能就是今天的痛，甚至会是后天的痛。这年头，有点钱的人是越来越多了，但有点钱，却喜欢读书、喜欢为文化贴点钱做点事的人是越来越少了。金卫其显然是属于后者中的一员，我为他感到骄傲，人不一定要活出什么轰轰烈烈来，但一定要活出自我。人存活在这个世界上，总得有自己的印记。我曾经在讲学中跟无数的成功人士说过，如果一个人能把文学当作修身养性的东西，我觉得无疑是一项正确选项，它虽然不是一帖灵丹妙药，但至少是一味清醒剂，可以帮助人净化心灵。

每每金卫其若有所思地看着谁的时候，我就知道，他又在琢磨什么新的东西了。我也乐意看到他的这种状态，这种若有所思的状态，我把它当作文学的常态，写作者需要火热的生活，但更需要隐藏在火热生活背后的东西。从这个维度来讲，金卫其过的日子，其实就是丰收的日子。

2023年1月22日于乍川亭詹政伟工作室

（作者系中国作家协会会员，嘉兴市作协副主席，小说家）

目录
CONTENTS

辑 壹

辑 贰

辑 叁

辑 肆

辑

壹

瓜灯亮处是吾心

有一盏灯，一直亮在我的心里，那盏灯，就是西瓜灯。

小城平湖，最值得我炫耀的，要数西瓜灯了。你看，每年仲夏，平湖的瓜农、闾人都要刻制几盏西瓜灯。晚上将西瓜灯置于暗处，碧绿的瓜色透着柔和的微光，映出瓜灯上的景物。近看，犹如隔着层绿纱，朦朦胧胧，颇具诗情画意；远看，则碧映团圆，冰雕玉碎，恰似冷月当门，让人浮想联翩。

平湖西瓜灯的历史可谓源远流长。清康熙十九年（1680）进士黄之隽的《西瓜灯十八韵》"纤锋剖出玲珑雪，薄质雕成宛转丝"、徐锦华的《咏西瓜灯》"水晶球带轻烟绿，翡翠笼含冷焰红"、邑人张逢年的《西瓜灯诗》"谁把甘瓜巧琢成，清荧别见一轮明"等，将西瓜灯的丽质天姿描绘得淋漓尽致。也从一个侧面证明了平湖西瓜灯至今已有 300 多年的历史。西瓜灯艺术的发展兴盛和平湖人种西瓜的习俗有着密切的联系。

据史载，世界上最早的西瓜是由古埃及人于公元前 10 世纪开始栽种。公元初，逐渐传到希腊、罗马和亚细亚一带。中世纪引进中亚后便一路东传，五代时传入中国。五代末，江南地区便开始有了西瓜的种植。

宋、元时西瓜已为人们所普遍喜爱。宋代诗人方回的《秋大热上七里滩》诗云："西瓜足解渴，割裂青瑶肤。"可见时人爱瓜之状。元代诗人方夔在《食西瓜》中写道："半岭花衫粘唾碧，一痕丹血揾肤红。"生动地描绘了百姓吃西瓜的情景。

平湖何时种植西瓜无从考证，但最早有关西瓜的记载是明代的《平湖县志》，曰：西瓜，瓤有红、黄、白三种……

明代嘉靖年间，平湖西瓜因汁多味甜、爽口无渣，被列为皇室贡品，其中平湖虹霓堰（现属林埭镇）戴家浜之三白瓜为最佳。其瓜白皮、白瓤、白籽且皮薄，到了天启年间，它已是平湖西瓜的当家品种。民国初年，平湖所产的马铃瓜味甜而鲜，水多而软，皮硬耐藏，半个多世纪来，一直畅销沪杭、港澳地区及南洋诸国。

平湖人会种西瓜，更懂得尝西瓜、玩西瓜。

记得小时候，每年到了采西瓜、运西瓜的季节，整个平湖弥漫着浓浓的诗意。平湖乡间，满畈的西瓜蔓绿油油，碧翠翠；溜圆溜圆的大西瓜依着青藤，一个、两个、三个，一直铺向天边。

弯弯的小河里，沉沉的木船载着新鲜的西瓜，穿过一座座石拱桥，一路"吱呀吱呀"地划向集镇。街市大担小车载着的是一箩箩西瓜；公路两旁堆着的是一筐筐西瓜；穿梭往来于平湖公路上的大小汽车上装着的也还是西瓜。

当你走进平湖人家里去看看，无论是农家还是居民家，谁家屋里都堆着一担担翠绿的大西瓜。

遥想当年，年少气盛的我和小伙伴们一起全然不顾溺水的危险，来到水月湾，赤裸着身体游过近百米的上海塘，去对岸上海市吕巷镇夹漏村的西瓜地偷西瓜，然后头顶西瓜，一点一点踩水游回，那时的感觉至今难以忘怀。

平湖人种瓜之余刻瓜制灯，自娱自乐，后制灯者越来越多，灯的花样不断翻新，更有文人雅士赋诗赞颂，平湖西瓜灯遂蔚为大观，后来，也就有了所谓的西瓜灯文化节。

"文化搭台，经济唱戏。"1991年夏，在中国共产党成立70周年的重要时节，在平湖撤县建市的喜庆气氛里，第一届平湖西瓜灯文化节成功举行。

盛况空前的西瓜灯会吸引了成千上万的人，灯似海，人如潮，平湖沉浸在节日的热烈气氛中。树上的串串吊灯，墙上蟠跃的青龙灯，九曲桥上的荷花灯，池中的莲花灯，还有栩栩如生的人物灯、脸谱灯和各显巧思的小品灯，真是千姿百态，目不暇接。

灯会上，大型组灯受到了人们的青睐。这些组灯有的以精巧的构思取胜；有的以别致的造型见长；有的赞美平湖的山山水水；有的歌颂劳动歌颂爱情，这些组灯或抒情、或写意，真是瓜乡灯海，玉壶光转，令人叹为观止。

在这良辰美景，种瓜的人、刻瓜的人都来到了灯会会场，赏灯观灯，以灯会友，以艺结缘。歌曼妙，舞婆娑，西瓜灯会上总伴以盛大的烟火燃放、舞龙舞狮子，以及表演平湖传统的曲艺节目——钹子书。艺人们手敲铜钹子，边唱边舞，唱词大都和灯会的内容有关，柔美清新，富有乡土气息和艺术魅力。

对于每一个平湖人而言，一个个西瓜灯，是一盏盏梦想的灯，是一盏盏希望的灯。

作为生于斯长于斯的平湖瓜乡人，我时时以西瓜灯为傲。这一份翠绿的情，将瓜乡的夜装扮得分外妖娆迷人。西瓜灯文化节，它不仅是瓜乡的一项非遗民俗活动，更是瓜乡人对大地、对生活、对艺术的一种热爱。人寿年丰，闪闪的西瓜灯在漫天烟花的衬托下，透亮着瓜乡的甜蜜，斑斓着瓜乡的多彩。

年年西瓜节，岁岁灯不同。萌动的是心，绽放的是笑脸。江南瓜乡风光好，使我不由得拿起手中的照相机和手机，年年为色彩惊艳神韵奇趣巧夺天工的西瓜灯留下靓丽的身姿，这是我一种职业的习惯，也是我一种初心的自觉。

平湖瓜灯，华夏一奇。那气质，那诗情，那韵味，绝非一般灯彩能比。个个瓜灯花似锦，盏盏明灯照我行，玲珑剔透，别具风姿，诗意无穷，画卓天然。

如今，无论我走得多远，无论我走到哪里，有一盏灯，一直亮在我的心里，那盏灯，永远是西瓜灯。

瓜灯亮处是吾心。

又到牡丹花开时

春风唤醒了沉睡的大地，春天在不经意间丰腴起来。

谷雨时节，牡丹盛开。

每年的这个时候，我便会带着相机，驱车来到乍浦镇西大街64号的吴家，悦赏和拍摄百年牡丹"玉楼春"之芳容。

人还未走近，一阵香气就扑鼻而来，只见枝头五十几朵淡粉色的花朵依次盛开，最大的花朵直径达到二十几厘米。这株牡丹株高1.5米左右，花丛覆盖直径3米，每年年底结蕾，次年3月底开花。

很可惜，由于疫情的关系，今年我是看不到这棵百年牡丹了。

说到乍浦吴家这丛"玉楼春"，颇有来历，它的原主人系平湖市新埭镇方溪隐吏毛广。

毛广，字惟勤，明成化甲辰科进士，初任湖广副使，后擢升刑部主事。曾因忤了权贵，被诬陷下狱。至武宗时才获昭雪，赐第宪台坊（即今新埭镇杨庄浜村毛家浜），并钦赏"玉楼春"牡丹一丛。毛广将牡丹从北京极乐寺移归故里，栽植在毛府后花园内，历经400多年的历史。

如今，毛氏的府第早已荡然无存。那丛曾盛开100余朵的"玉楼春"，在30年前因毛氏后裔管理不善，遭遇虫害侵蚀，枯烂而死。幸在百余年前，有乍浦青年弹絮匠吴阿华（1877—1936）来毛家承接弹制被絮，因弹工讲究，手艺出众，深受主人毛坤元的赞誉，他知吴阿华也喜爱栽培花卉，就分了一株"玉楼春"幼苗相赠。吴阿华移归后，就栽植在自家花园里。百余年来，已传至第四代了。1977年10月，已被平湖市人民政府列为"名贵古花木"并予以重点保护。

"年年谷雨牡丹辰，载酒寻芳绿水滨。直到毛家浜里去，百余花赏玉楼春。"这是清末平湖新埭诗人俞蕴甫春天赏牡丹时写的诗作。里面说的毛家浜，就位于现在的新埭镇杨庄浜村。在新埭镇的最东段，那丛盛开百余朵粉红色花的牡丹，就是诗中所称的"玉楼春"。

清光绪十九年（1893）春，谷雨时节，邑人高廷梅出任粤西横州知府，俞诗人相约新埭举人陆邦燮、新仓秀才柯培鼎等朋友，由家人挑着好酒好菜到毛家浜去赏花，酒不醉人，人自醉，吟诗作对，其乐无穷。适时，俞诗人诗兴大发，不一会儿工夫，这首佳诗便跃然纸上，后收入《泖水乡歌》，流传至今。

据1990年版《嘉兴城镇》记载，新埭木本牡丹花"玉楼春"曾一度为闻名遐迩的"珍宝"。20世纪80年代，还被中国科学院植物研究所编入了《中国古花木》一书。

小时候常常听到老人们说："天下牡丹两棵半，一棵在新埭，一棵在洛阳，半棵在乍浦。"

一说起牡丹花"玉楼春"，新埭人便一身精神，两眼放光，满脸自豪。因为新埭牡丹"玉楼春"是牡丹花中的大姐大，洛阳牡丹也比不上，在它面前，洛阳牡丹排行老二，乍浦牡丹系小妹。

数百年来，新埭牡丹"玉楼春"几经风雨，历尽沧桑。据"玉楼春"的主人毛山根回忆，在当年日本鬼子扫荡时，屠刀已砍向"玉楼春"，他的父亲毛坤元急中生智，将两只老母鸡扔到稻田里，将鬼子引开，"玉楼春"才幸免于难。

1983年，由于管理人员专门给牡丹花"吃"荤腥，在其根部埋上未腐烂的猪肠子等食物当肥料，结果引来蚂蚁啃坏了"玉楼春"的根部，致使古本牡丹日趋萎缩枯黄而香消玉殒。

牡丹，中国国花，在历史上曾统领群芳，并一直被中国人视为富贵、吉祥、幸福、繁荣的象征。

牡丹之为国花已是人们心目中既成之事。古人即称牡丹为"国色""国香""国艳""国貌"等。牡丹与其他花卉相比，不论怎么形容，都不为过：花朵硕大、端庄大方、雍容华贵、富丽堂皇、绚丽多彩、姿态优美、气宇豪迈……是观赏花卉中无可比拟的上品，所谓"花中之王""国色天香"的赞誉绝不是偶然的，是历史选择、鉴别的结果。历代画牡丹者众多，牡丹花是中国花鸟画中常用的题材之一，尤其在现代民间和广大普通爱好者中是最受青睐的花种。

历史上有不少诗人为牡丹花作诗赞美，如唐诗赞它："佳名唤作百花王。"唐代诗人白居易"花开花落二十日，一城之人皆若狂"和刘禹锡"唯有牡丹真国色，花开时节动京城"等脍炙人口的诗句，生动地描述了当时人们倾城观花的盛况。又宋代散文《爱莲说》中写有："牡丹，花之富贵者也。"李时珍指出：牡丹只取红、白两色的单瓣者入药，其他品种皆人工培育而成，"气味不纯，不可用"，红花者偏于利，白花者偏于补。牡丹花适用于面部黄褐斑，皮肤衰老。常饮可使气血充沛，容颜红润，精神饱满。

古往今来，不知还有多少文人墨客赞过牡丹。汤显祖《牡丹亭》成为牡丹戏剧的巅峰之作。吴炳写过《绿牡丹》，林语堂写过《红牡丹》。人们形容谁长得美丽，会称她"白牡丹""黑牡丹""绿牡丹"等，可见人们对牡丹的喜爱。

最早的牡丹传说是"武则天贬牡丹"。在洛阳，武则天贬牡丹的故事家喻户晓。相传，武则天有一次想游览上苑，便专门宣诏上苑，"明朝游上苑，火急报春知。花须连夜发，莫待晓风吹"。当时正值寒冬，面对武则天甚为霸道的宣诏，百花仙子领命赶紧准备。第二天武则天游览花园时，看到园内众花竞开，却独有一片花圃中不见花开。细问后得知是牡丹违命，武则天一怒之下便命人点火焚烧花木，并将牡丹从长安贬到洛阳。谁知，这些已烧成焦木的花枝竟开出艳丽的花朵，众花仙佩服不已，便尊牡丹为百花之首。"焦骨牡丹"因此得名，也就是今天的"洛阳红"。

因为新埭是牡丹花王"玉楼春"的故里，所以我对牡丹花情有独钟。数年前，我为了表达对家乡新埭的热爱，特地和沈国平老师合作，我写词，沈老师谱曲，创作了一首歌曲《我爱新埭牡丹花》，在 2017 年泖水文化节开幕式上一经女歌手柴旻旻演唱亮相，便受到了大家的喜爱。歌词如下：

我从小就爱上牡丹花 / 春游时美术老师带我们去毛家浜 / 赏绘那又大又红国色天香 / 新埭牡丹花 / 美名天下扬 / 新埭的人 / 牡丹的雅

新埭的地 / 牡丹的芳 / 新埭田园美如诗 / 让人流连忘返啊 / 如果你到我的家乡来 / 就看我为你痴情地绘画 / 绘画

我从小就爱上牡丹花 / 秋游时音乐老师带我们去毛家浜 / 歌唱那又大又红国色天香 / 新埭牡丹花 / 美名天下扬 / 新埭的富 / 牡丹的贵

新埭的善 / 牡丹的香 / 新埭古镇美如画 / 让人流连忘返啊 / 如果你到我的家乡来 / 就听我为你深情地歌唱 / 歌唱

说"泖"

之　一

《康熙字典》巳集上，水字部载：泖者，《广韵》《集韵》莫饱切，音卯。水名。在吴华亭县有圆泖、大泖、长泖，共三泖。亦作茆。《春渚记闻》"陆鲁望赋吴中事云：'三泖凉波鱼蕰动，五茸春草雉媒娇'"。注："称江左人目水之淳滀不湍者为泖。"又《集韵》力九切，音柳。水貌。

泖河，也称泖湖，为古时谷水的一部分。谷水又称长谷、谷泖。朱伯原《吴郡图经续记》载："泖在华亭境，有上、中、下之名。"清乾隆版《青浦县志》载："今俗传山泾，泖益圆，曰圆泖；近泖桥，泖益阔，曰大泖；自泖桥而上，萦绕百余里，曰长泖。"泖河虽随地、形而名称不同，但实为一水。流经今金山、平湖之间，因形如长带，故名长泖，平湖人俗称泖水。古时长泖萦绕百余里，后逐渐淤涨成田，至清代只剩阔如支渠的水流，淤塞全部被围垦为荡田，因此长泖亦称泖田。清光绪版《平湖县志》载："东泖，在县东北三十里，与江南华亭接界。"

《名胜志》云："长泖即谷泖，在当湖东北，为三泖之上流。"各地志皆以谷水为泖源，引据纠葛，略举辨之。

《水经注》引陆道瞻《吴地记》云："谷水出吴小湖，径由拳故城下。"《神异传》曰："由拳，秦长水县，始皇时陷为谷，因目曰长水城，水曰谷水。谷水又东南流经嘉兴城西，又东南径盐官故城南。"此以嘉兴谷水为泖之源也。

据《吴地记》云："海盐东北二百里有长谷水。陆逊、陆凯居此。"又载："汉庐江太守陆康与袁术有隙,使从子(即侄)逊与其子续将家迁居,居于长谷。"《寰宇记》云："华亭谷水下通松江。"《祥符图经》云："谷泖南出泖桥,东南至广陈,又西至当湖,又东南至捍海塘而止。"此以华亭谷水为泖之源也。

考邑汇水甚多,何得独指长水为源?至华亭谷水,乃东泖下流,指以为源,尤属谬误。《海盐图经》又以芦沥浦南入浙江者为谷水,更与泖搭不上边,风马牛不相及。

陆机对晋武帝云："三泖冬温夏凉,谷水在其北;金泽、章练、小蒸、大蒸、白牛诸塘在其西;葑澳、走马诸塘在其东;泖桥之外,横绝而东者,秀州塘也。"与今之地形颇合,然系华亭之泖,与邑泖无关。惟府《柳志》曰:"当湖,乃泖之所自出。"语最分明。

之 二

泖河隶属长泖,历史悠久、闻名遐迩。泖河千层素谷、万顷碧潋、温润似玉、水清如镜、冬暖夏凉、形势佳胜。

明《王志》王彦淳记:天目西来之水潴于当湖,复东北百里入于华亭三泖,大江之南水派之长无逾此者矣。其自当湖而注三泖也,中间四十里而近先经长泖,长泖者三泖之首,界乎华亭平湖间,亦巨浸也,南则当湖,西则伍子塘、魏塘之水会于太宰陆光祖公别业右,东流与长泖合……太宰公指示曰:"此水月湾也,子盍为我记之。"

水月湾岸柳汀葭,荡漾远近,浮鸥游鱼,出没烟波间,微风徐来,银涛忽叠,此身如入潇湘洞庭间,谁谓东湖菰芦中有此奥区哉。自台而右,湾若半规,西来之水至此一咽,洄澜容与,更为有情。

泖上四季景色绝美,别具情致,自古为游览胜地。自晋代始,唐宋日益旺盛,历代著名诗人、文学家、书画家皆慕名来游,如唐代陆龟蒙,宋代宋庠,元代杨维桢、倪瓒,明代顾清、董其昌、陈继儒等文人墨客流连忘返,思念历史风物,深怀乡土情感,吟诗作词作画,直抒胸臆,赞叹不绝,留下篇篇诗文词曲美图。

宋朝林景熙诗曰:"泖口乘寒浪,湖心散积愁。菰蒲疑海接,凫雁与天浮。泽国无三伏，风帆又一州。平生谩为客，奇绝在兹游。"

元朝杨维桢诗曰："天环泖东水如雪，十里竹西歌吹回。莲叶筒深香雾卷，桃花扇小彩云开。九朵芙蓉当面起，一双鸂鶒近人来。老夫于此兴不浅，玉笛横吹鹦浪堆。"

另外，还有大量有关泖上美景的诗文散见地方方志刊本，或流传民间。

之 三

泖口，位于当湖东北15公里许，是浙沪之界线。属长泖、东泖、横泖汇集之处，弥弥洋洋，不舍昼夜，因其地理位置特殊，又处于长泖之口，故名为"泖口"，俗称"龙头"，又名顾书堵。

古诗云：十里长泖多绿洲，泖甸耕夫牛作舟。妇幼送饭芦滩喊，遥见老牛泅水来。三泖风光最佳处在今泖河中大、小泖合流处，即"三泖并一泖"的泖口，这一带河清水秀，绿波涟漪，轻舟荡漾，风光旖旎。

据史料记载，从吴王阖闾十年（前505）起，伍子胥就在泖湖地区倡导修筑浦塘，疏导泖湖之水，接通青龙江入海，并围圩造田、扩种水稻、养殖蚕桑，使人民过上了安定富足的生活。淳朴的地方风情、经久不衰的耕读传家之风、适宜的人居环境，使泖口从此成为历代文人雅士修身立说的上等之地。

文人墨客、名人雅士、家族祠堂、风景名胜，天长日久，形成了厚重而丰润的泖水文化，源远流长，根深枝茂。

说到泖水文化，就不得不说清代秀才俞金鼎所作的《泖水乡歌》，该书收录竹枝词整一百首，内容涉及泖水地区的地理历史、人文景观、民风习俗、宗教信仰、水利农桑、集贸特产、名胜古迹等诸多方面。《泖水乡歌》堪称新埭历史上的一部经典史诗。

父老乡亲胼胝耕耘，村姑芳嫂摇橹上街。泖水清清，曾养育了我们勤劳善良的祖辈们。泖水乳汁，也哺育了我们青春活力的新一代。

今天，我们秉承传统文化、弘扬时代精神，时刻践行泖水文化的精髓——"忠义诚孝，耕读礼道"。历史证明，一座有着独特个性的古镇最具吸引力。而现实生活中，一座拥有深厚文化底蕴的古镇最容易让人产生想要了解它、拥抱它的冲动。

古人不见今浉水，浉水依旧育今人。

百里浉水，千年悠悠流淌，它承载着历史的厚重与沧桑，传承着一方的文脉与乡愁。

浉水文明流过昨天，流在今天，流向明天。

说"塂"

之 一

翻开《现代汉语词典》（第5版）至第263页，关于"塂"的解释：方言，土坝。一般都用于地名。新塂，顾名思义，是新的土坝。屈指算来，这地名到现在已经有几百年的历史了。几百年来，此地气候温润、人杰地灵、鱼米丰实，乡风淳朴。

自古以来，源远流长的泖水就穿境而过，孕育了一方子民。朴素、勤劳而智慧的新塂人在这块富饶而圣洁的土地上生息繁育，逐步形成了它独特的稻作文化和温婉悠远的吴越风情。

我就出生在新塂古镇一个叫作钟家塂的自然村落。钟家塂几十户人家全部姓钟，是个大家族，唯独我家姓金，在村落的最西边。小时候听爷爷说，奶奶家里穷，没地方住，就从外地迁移到钟家塂这个地方。后来，爷爷做了上门女婿，也改姓金。现在，我长大成人了，苦命的爷爷奶奶都早已永远地离我而去了。

而金家从哪里来？为什么迁移到钟家塂？父亲也说不出个所以然来，金家到了我这一代，"从哪里来"就成了一个没有谜底的谜。

有塂就有水，有水就有生命，江南的生命是水做的。

新塂也不例外，自古以来，房屋依河而建，家家临河而居，户户通舟出行。在我的记忆中，新塂是一条狭长的、古朴幽静的老街。光滑的石板路、幽幽的晨光、袅袅的炊烟……木制的排门板静静地伫立于老街两侧，清脆的脚步声加上石板松动的"吱呀"声，在老街周围回荡……

20世纪80年代，小镇还没有通水泥公路，出行全靠走路，去平湖县城，或者去繁华的大都市上海以及杭州购物，都要乘大利班（轮船），常常一坐就是大半天或一整日。曲折的水路是小镇与外界交往的唯一通道，小镇封闭的生活环境便显得格外静谧。

我家隔壁邻居阿羊比我大十来岁，但他辈分比我大，我叫他阿羊公。阿羊公从小不识字没文化，加上反应比较迟钝，时不时要闹出一些笑话来。一次，阿羊公乘大利班去平湖县城，就闹出了一个与"埭"有关的大笑话。

那天，阿羊公乘大利班从新埭去平湖，当他玩了一圈准备回来时，在东湖轮船码头看见一艘写有"埭"字的轮船，不管三七二十一就乘了上去，哪里知道，"埭"前面的字掉了漆，是"徐"而不是"新"，结果他乘错了轮船到了徐埭。徐埭和新埭是方向截然不同的两个小镇，新埭在平湖县城的最北边，而徐埭在平湖县城的最南边。最终在好心人的帮助下，他辗转好几天才回到了自己的家。

后来，有调皮的村民给阿羊公编了个顺口溜："阿羊羊，从小没有娘，阿羊羊，做事出洋相……"由于时间长了，这个顺口溜我已经忘得差不多了，不能全部背诵，而童年时代的我和小伙伴们戏弄阿羊公时的情景依然历历在目。

自从听了阿羊公的笑话，我才知道，平湖县城叫作"埭"的小镇比比皆是，除了新埭和徐埭外，还有钟埭、林埭等。那一年，我十岁，正在丰收小学读书。

之 二

新埭，元明时期属华亭乡，民间流行的"先有旧埭，后建新埭"之说，不仅名副其实，而且由来甚早。明朝天启《平湖县志》卷一记载："今则新带（埭）为最，朝来，霞拥云奔，衽帏汗雨，曾不容刀，此又一都会也。"

据此，旧埭早在元末明初14世纪时已建市镇。清朝诗人俞金鼎有诗云："马家桥畔绿成蹊，旧埭偏居新埭西。埭上昔年成市集，而今村落树云齐。"诗中"埭上"即当时的旧埭，这说明旧埭要比新埭早建几十年甚至百年以上。

旧埭东起袁家桥，西到双木桥。我听村里上了岁数的老人说，当时集镇非常繁荣，各店铺生意兴隆，出现了不少的富豪人家，大地主陆塌子就是其中的一位。倭寇入侵后，打杀抢烧，无恶不作，旧埭最终成为一片废墟。

清里人陆增在《鹦鹉湖棹歌》中有诗云："尚书旧第宝纶堂，家塾天心三宅旁。广厦惜遭兵燹后，颓垣蔓草顾荒凉。"旧埭被烧毁后，人们再东移一公里重建陆家埭，即后来的新埭。中华人民共和国成立后，陆塌子豪宅那地方被陆家后代种上了青竹，变成了一个大竹园。

20世纪80年代初，我在西学堂读初中时，大竹园曾经是我和同学们郊游玩乐的好去处。

从旧埭到新埭，从一个词到另一个词，从一个地名到另一个地名，历史的变迁、繁荣与衰败，触摸时光的久远和悠长，我依然能体味到江南古镇新埭那番不凡的深邃。

因水成镇，因镇成市。纵横交错的小桥、流水、人家，在某种意义上说，古镇新埭正是一个小城市的缩影。

每一个到过新埭的人，总被它宁静秀丽的身影吸引。不管你是小住几日，还是匆匆路过，只要站在石桥上看一眼清清的市河水，只要在石板桥上停留片刻，只要在青石条铺成的弄巷里缓步穿行，所有的浮躁和喧嚣就都被清凉的风洗涤干净了。心头只留下一片宁静，一片纯洁，足以唤起你失落的激情。

那一年，你和我从西学堂高中毕业，当离开新埭的那一刻，你和我的眼睛湿润了。

那一年，你和我挥一挥手，什么也没有带走。

可是，以后的日子，总会有一片片河水清澈闪亮、一座座石桥古朴美丽，永久地与你我相伴，给你我透明，也给你我无限的沧桑和遐想。

水云庄：泖水宋韵的岁月流光

在历史的长河中，宋代是中国文化发展的黄金期，宋韵文化作为中华优秀传统文化的重要组成部分，是具有中国气派和浙江辨识度的重要文化标识。

以"文雅"著称的宋韵文化，琴、棋、诗、书、画、印、焚香、点茶、插花等，是宋人"风雅处处是平常"的生活方式和隽永深沉的生活美学，对后世产生了深远的影响。

泖水宋韵文化，以宋人优雅、时髦、风趣以及慢生活的石庄文化为代表。宋代的文化基因藏在乡野村落里，在时光的流淌中，成就石庄文化自信的底色。

廉吏都尉的东西石庄

石庄位于平湖市新埭镇兴旺村，东起泖河，西至荷花池，即沈懋孝墓。北与豆腐跳板相连，南有寿文塘，东西不过三里地。

石庄地处泖塘西岸，地势低洼，受潮水浸渍，不能耕种，故称石田。清陆增有诗云："水涨新痕草没堤，双溪桥接汉塘西。回澜一迳归东北，知是源流谷泖低。"

石庄名起较早，传说在宋代，与都尉石保吉有关。

明天启《平湖县志》记载："石庄在东泖，宋江淮总管石都尉赐庄，有石田饲鹤，有石亭，有石总管庙，有石氏垄迹。"《石庄记》云："三泖之上，大海环其外，仰而见天，天若弥峻，扶桑出日，江东暮云，往往可见之，缥缈色象间亦风清而局远矣。"

另据《娄县志》云："考《宋史》，石保吉尚太祖女延庆公主，石端礼尚哲宗女陈国公主，石氏为驸马都尉者惟此二人，史称保吉家多财，所在有邸舍别墅，则此所谓石都尉者疑当属保吉。石都尉为官清廉，多惠于民，颇得民心，故后，墓葬于此。后民念其德，建石总管庙，供后人传颂，并以石姓名庄，后人也称石都尉庄。"明天启《平湖县志》又云："石总管墓在东泖石总管庙西，有石氏垄迹，田者常探出牌板，为学士欧阳元功笔。"

沈氏家族的琅玕三万

事实上，石庄姓石者较少，多为沈姓，以明代沈弘光家族为最大。

石庄沈氏自元代处士沈武康侨居东（迎湖以东现为上海市辖区）起已有好几百年的历史，传至明代，由沈溁从东泖迁至石庄，进行建设。又传至沈弘光进一步扩展。清文人陆增有诗云："红桴黑蝶绕田间，落照清溪映晚蕖。镇日著书忘岁月，石家庄上沈家居。"

清光绪《平湖县志》记载明沈懋孝《石庄小隐》：柴门临水豆花蹊，小汲携筒自灌畦；茅舍几家村落里，秫田三顷柘湖西；斜阳紫翠多深秀，秋晚风烟正惨凄。一领布袍先补绽，任他风雨只低栖。沈瑞鏊《家园纪略》：三碧湖之限，石庄古里，家园在焉，我曾大父两山公所筑也。公少有谊概，晚乃留神元理，自比天之放民，不降不辱，老而愈厉，故名其堂曰"逸民"。堂之前卷篷延槛，三面施青帘，杂花相映。堂后有池，池前有山，曾大父与客弹棋轩上。遇日高微酡，抚槛唤鱼，鱼闻声而至。由后山，过小石梁，入归云洞，洞中多巧石，四壁森映。登山顶，有美人抱狮，峰甚雄奇。驻此，可望三泖。从西北绕出，山之背多青松碧梧，过此，又一衡门曰"琅玕坞"，有竹三万竿，雷行雨过，新梢出云，每赋诗勒节间，如云"泉声带月鸣秋夜，竹影拖烟弄晚风"，又云"竹林数子真吾党，头白能无了此生"。竹旁双渠相灌，列百畦甘瓜香芹之属，时摘鲜果以供客。由此出东，圃门有紫桂百枝，桂前有池，种碧莲花，故诗有"素藟含露出清澜"之句。池上有来青亭，其前又有梅花坞、菊坞，故诗曰"青草小航寻栗里，黄昏淡月到林家"。由此入东廊，至小可轩，曾大父团蒲所也。自倭变以来，林泉竹树荒芜尽矣。两山之石累累，存者十之三云。

石庄有东西之分，即沈弘光长子沈懋孝（1538—1614）继承大宗，祠堂名"学古"，率子孙居住于庄之东部（东石庄），次子沈懋庄与兄合居，三子沈懋嘉另立祠堂名"种德"，居于庄之西部（西石庄）。明代，倭寇自泖塘而上，频扰石庄，致东庄被毁，西庄虽也多次遭此难，然房屋尚存，且距泖河稍远，东庄沈氏族人因之惊而逃至西庄合居。

清康熙年间，沈氏后人沈季友（1652—1693）合宗祠，修家谱，重建沈氏学古堂，至晚清，石庄还留有很多古迹。清末新埭文人俞金鼎有诗云："碧湖三泖水茫茫，都尉当年有赐庄。三万琅玕刻诗句，此中曾筑逸民堂。"俞金鼎另有诗记之："小亭旧额记来青，沈氏园林沧海经。洞口归云渺何处，碧莲花下问蜻蜓。"

后来，石庄历经几次战乱，沈氏后代分散而居，东西石庄先后消失。石庄古迹已毁，几乎没有留下痕迹，知道石庄历史的人很少，就连"石庄"其名也只作自然村之名而留存，一段时间曾改称"石坊"。

家树文旅的乡村奢华

柴米油盐酱醋茶，影响中国人生活千年的七件事，最早出现在南宋吴自牧《梦粱录·鲞铺》中。七件事饱含着生活琐事，也是生活方式，今天翻译过来，便是"吃住行游购娱"。

雅集是宋人的生活方式，抚琴、调香、赏花、观画、弈棋、烹茶、听风、饮酒、观瀑、采菊、写诗和绘画，他们躬身实践种种生活情趣。画不尽的雅集图，绘出了宋文人的"朋友圈"和雅集生活，对文化艺术的奇思妙想与情趣创意，可以说是登峰造极。

古代石庄的现代版水云庄，是一家乡野轻奢农庄，清幽、精致、浪漫、小资是一种生活方式，分享美、分享爱、分享幸福，于是便有了无限的可能。

水云庄的生活美学、气质与宋代石庄的风韵一脉相承。艺术与生活通融构筑了泖水气韵的源头，理想与现实之间的天马行空，大俗与大雅之间的兼容并蓄，搭建起宋代与今天乡村休闲之旅、时尚之旅、创新活力之旅的联系。

用今天的话来说，泖水宋韵文化其实是一个大概念，更是一个超级大 IP。

宋韵石庄生活的时空之旅打开之时，琴棋书画诗印的文化氛围、生态休闲

旅游的文旅格局以及非遗文创的创新技艺，以数字化、场景化、艺术化的形式
一一重现时，可以发现，宋韵传统文化、艺术、生活，在不断传承、发扬、交
流中，一次次触探着当代人的内心世界，对今天的洵水人和文旅传承发展有着
巨大的影响力和吸引力。在一定程度上，这就是洵水气韵的源头所在。

邂逅宋韵雅生活，水云庄是起始站。

一场雪的新埭

新埭，我的家乡。

一个美丽的江南水乡古镇，依河而筑，临水而居。镇内街巷逶迤、石板铺路、古桥若隐若现、绿柳迎风拂水、民风淳朴淡然。而随着现代文明浪潮的冲击和岁月的流逝，这些富有诗情画意的美景逐渐从人们的视线中淡出。

新埭，只有在雪的映衬下，才能显现出它原有的古色古香的味道和姿态。为此，年轻的我曾萌生了用自己手中的相机为新埭拍一场雪景的梦想。但江南少雪，偶尔下雪也是小得不成样子。于是，我苦苦地等候，就像等待一位风韵佳人的到来。

等待是漫长的，一等就是好多年。

2013年2月19日，蛇年的第一场雪，终于在没有征兆的情况下漫天飞舞。雪不是下得特大，但却让我如愿以偿。急急忙忙穿了衣裤，拿了相机，从新埭小高层14楼飞奔而下，直冲飞雪中的老街。对焦小镇上的一砖一瓦、一桥一弄进行狂拍，全然不顾两皮鞋雪水，浑身湿透，一直拍到相机镜头内部起雾不肯工作才作罢。一上午拍了上千张雪景照片。人冷得瑟瑟发抖，但看到不小的收获，心里却真的是热（乐）啊。

面对着精挑细选的近百张新埭雪景作品，我的心有点激动了。作为一名摄影者，没有什么比创作成果结集出版更值得渴望。凭借自己在报社工作积累的视觉编辑经验，我斗胆地进行了画册的策划和版式设计，并将作品集命名为《一场雪的新埭》。

在这之前，我一直有一个打算，要为自己的家乡做一点事，出一本能真正体现古镇、宣传古镇的画册，终因种种原因而不能实现。超越过去，超越自我，使我无比清醒，也迫使自己更加勤奋地进行创作。现在，我终于可以松一口气了。雪助我也，我终于可以交出这一份自己满意的答卷。

摄影的纪实和表意功能与生俱来。在人类视觉文献活动中，摄影责无旁贷地担当起见证历史、推动社会进步的重任，而在以摄影为媒介的艺术创作中，摄影富有的意义是能够体现光影、抒发真情、牵引想象与思考。《一场雪的新埭》追求以精致唯美的影像展现自己眼中古色古香的新埭，更注重透过雪表现自己心中的人文古镇。

我有过成功的喜悦，也有过无从表达的迷茫，但我没有放弃，而是常常告诫自己，真正的意韵其实不在于拍摄对象本身，而是在于摄影者自身的学养和境界。

在影像的语言表达上，《一场雪的新埭》选择了黑与白，黑与白摄色彩的两个极致，代表着最简单蕴含却最丰富。虽然古镇新埭繁荣富庶，但在我看来，新埭的美不在于喧哗和热闹，也不在于色彩缤纷，而是在于素雅与静谧。

用黑与白表现新埭，既体现了古镇的无限丰富和魅力，也表现了古镇无限丰富和魅力抽象之后呈现出的一种简约大方。这种简约远离色彩的浮华，以理性之美赋予古镇新埭"少一点叙述，多一些想象；少一点白话，多一些诗意"。

仅此而已。

我会继续用手中的相机拍摄魅力家乡——美丽新埭。

说我斋名清风轩

清风泖河，清朝一代醇儒"天下第一清廉"陆稼书的故里，这里民风淳朴、崇文尚德，历来有报本、感恩和倡廉的美德。

家住吴泾绿洲，属泖河农民新村。农民房地面积不大，虽然只有 100 平方米，但是三层结构的别墅式样，让我拥有了一个清风徐徐的大书房。

因此，大书房取名曰：清风轩。

"清风"一词，语自《诗·大雅·烝民》："吉甫作诵，穆如清风。"毛传："清微之风，化养万物者也。"薛综注："清惠之风，同于天德。"

泖水文脉源远流长，"忠义诚孝，耕读礼道"的泖水文化精髓，宛如清风，拂绿心田。自幼浸染其间，我难免有一种书生意气，一种春风万里得意的豪迈气概。

诗书画印，一生的笔墨情怀。

清风泖河，我深深爱着的故乡。泖口古镇三鱼堂的清风吹过泖河，吹过铁驳船，吹向诗和远方……

经历过风雨，一切都变得圆润和通达，我需要有独自盛开的勇气和自信！不再在意自己在风中的轻与重。不争，不怨，在清风里散发芳香……

研磨日光，饱蘸月色。

我将狼毫迎着清风飞舞，绚烂成一条墨染的河流淌千载，那沁人心脾的墨香里，沉醉清风，纵不是峥嵘岁月，也将一个梦里天下尽揽入怀，静静绽放。

或者，书写一段自己的心诗，在阳光下晾晒，在暮色中风干，画一卷斑斓的丹青，热烈地展示那一番祥和，印在凝固的记忆里，永不褪色。

溺河之韵

故乡有条河，日日夜夜，浩浩荡荡地从家门前流过。那条河，就是溺河。

清澈的溺河，恰如眼中的万花筒，晶莹剔透，婀娜多姿，无时无刻不在散发着无尽的魅力，令人遐想，动人心魄，总是那样让人流连忘返，沉醉其中！

初春时节，溺河两岸莺飞草长，娇嫩欲滴，饱满的河水仿佛从睡梦中醒来，粼粼波光，一路尽情嬉戏，一路欢声笑语，流向遥远；热烈的夏风吹来，清清的溺河绿树成荫，藻荇交横，游鱼穿梭，轻拂水面，河面上泛起一圈圈涟漪；金秋说来就来，蓝天白云，从容淡定，不多时，溺河被故土上的一片丰收景象渲染，荡起了层层微澜，金黄色的果实遍地飘香；隆冬季节，江南水乡壮观的景象映现在了溺河上，那低低的水面上，腾起一股股缭绕的薄雾，错落有致，变幻着各异的形状，如真如幻，虚无缥缈，恍如仙境。如果赶上大雪放晴的天气，溺河上一片银装素裹，玉树琼枝，饱满的河水显得格外澄澈、明净、深邃，沁人心脾。

时间就像溺河一样缓缓地流淌，无论是白天还是黑夜，它都会默默无语笑靥如花。而我的忧伤，也会随着溺河的波浪在不断起伏，荡起记忆里层层的迷雾。这就是我的人生之路；这就是我的人生征途。

思绪的波动，总是会带着脚步的沉重，让我有些忧心忡忡。因为那些岁月总是一去不复返，却用一把尖刀刻下时光里面的斑斓。还有那些记忆荡起的涟漪，在温润的溺河里不断游弋。

走近溺河，我可以看清自己的容颜，让自己变得深沉。

不断留下时光里的疑问，让岁月之刀不断和脸进行着亲吻，不断消磨着曾经的经历，让我的心变得坚强，有了毅力、有了意志，也变得坚韧，有着自己的声韵。只是在成长的过程中，自己失去了很多彩虹，那是岁月留给自己的美好，那是自己曾经的骄傲。

我敞开胸怀，拥抱自然，画着岁月的圆缺，只是那些日子，不断出现着迷离，让我的心没有了依偎。

泖河总是在不断地逶迤，而月光才是我的唯一。天空的阳光总是在不断地晃动，没有丝毫的轻松，让我的影子变得斑驳，也让我的心变得忐忑。

我并不想漂泊，只是心却在不断地移动着。我的身影会变得模糊，就像不清晰的歌曲，含含糊糊地唱着，继续了岁月中的坎坷，还有那些颠簸。

就在这样一个没有晚霞的黄昏，我安静地走着，走着……

同样安静的泖河，河水依旧不动声色一路向前。此时此刻，我的心忽然明白：自己有一个飞翔的梦想，这个梦想从来就没有破碎。

日子的碾磨，时光的折磨，从来没有打掉我心中的远大志向，难免的困苦，只留下一丝丝的迷茫。当看到那些光明的彼岸，看到自己影子里面的黑暗，自己才能不断地努力，不断地坚强，只有不放弃，那么自己才会拥有一个世界，才会敢于迎接寒风里的凛冽。

我伸出双手，抚摸着那些曾经的忧愁。当时的担心，留下了无数个句号。现在回过头来看看，原来那些只是时光的豪迈，当然还有我的抱怨。本以为会跌倒不起，却看到了阳光的微笑；本以为这是无知的失败，却看到了心潮的澎湃；本以为这是时光的讥笑，却看到了自己生命里的骄傲。

从来不轻易诉说，每个人都有着自己的忧伤。掬起一捧泖河水，可以看到那些沉醉、可以看到那些沉睡，也可以看到那些疼痛，在不断地飘荡、在不断地飞扬。

清清泖河，泖水悠悠，流过无数春秋，淌过无穷岁月。河边树木花草绿了又黄，黄了又绿，麦子水稻栽了一茬又一茬；乡人在一辈辈故去又一辈辈长大。

泖河的一切在此消彼长、循环往复……

日月星辰，似水流年。泖河水潺潺东流依旧，且千载不语，永世无言。

泖河，已成了故乡的一分子，它见证着故乡，经历着故乡，更美丽着故乡……

生命因诗歌而美丽

为了找到一块属于自己的净土
即使
漂浮是我的一生
我也要用
我一生的爱来繁殖

　　　　　　　——《浮萍》

　　这是我出版的第一本诗集《苦涩的芬芳》里的一首小诗《浮萍》，写作时间是 1993 年。这块"净土"当然是我的诗歌，是我赖以寄托情思的诗歌。

　　时光如白驹过隙，让我来不及准备便悄然流逝。不经意间，30 年就这样一晃而过。

　　这 30 年时间，由于工作的变动，生活地方的变换，奔波与浮沉，让我的诗歌写作出现了前所未有的艰难，出于对生活的一种全神贯注，诗，因此而写得非常缓慢。

　　我一次次失败，我一次次成功。

　　当我要把这 30 年之间散落在各处的诗稿都集中在一起，成为一个整体的时候，忽然发现，我的诗即使写得很慢，却依然忠实地呈现出自己生命的面貌，今日的我和昨日的我，果然，距离越来越远。因此，自己不得不承认，岁月是把杀猪刀，紫了葡萄，黑了木耳，软了香蕉。

　　我一开始写诗完全是自然状态
　　花香鸟语虫蜂蝶舞

一切都是那样的美好

我感觉生命是一首绝美的诗

　　　　　　　——《苦涩的芬芳》后记

　　在这逐渐而缓慢的变动之间，有种特质却始终如一。在心灵最细微的地方，我有一颗素朴和谦卑的初心。这初心，来自我对生活的热爱，我将我的整个生命融进了诗。

　　《苦涩的芬芳》出版于1994年，诗美意绪带着江南大自然的清丽和悠远，抒写了青春的潇洒和感伤、青春的力量和向往。《记忆的村庄》是第二本，出版于2003年，离现在也已20年了。翻开诗集，我好像重新回到那已经过去了的时光，在那个叫钟家埭的自然村落里，那些个曾经多么安静和芳香的夜晚，在幽暗的灯光下，一首又一首关于村庄的诗从我的笔端，从我的心中，慢慢地流淌出来。

我一直相信，诗歌是有色彩的

亦如无声的画

那些红的花，绿的树

白的云，蓝的天

都是笔下最真实的感叹

　　　　　　　——《像风一样奔跑》后记

　　果真是这样。

　　这是我的第三本诗集《像风一样奔跑》的后记，出版于2019年。此刻，回过头来，我恍然面对生命里无法言传去又复返的召唤，用直觉去感知一种存在、一种疼痛。我也一直相信，诗歌是有生命的，诗歌美丽着经年，美丽着你我。

　　像风一样奔跑，而在这一切之间，我终于又重新遇见了那颗几乎已经隐藏不见，却又从来不曾离开的初心。

　　初心永恒，素朴谦卑。

　　自古以来，诗人大多悲天悯人，这是诗人独有的气质。然而，诗人也大多会赋予自己无限的希望，在悲悯的道路上砥砺前行，越走越坚强，也越来越孤独。或许，这就是诗人的伟大之处。

不管生活的表面是多么混乱和粗糙，在诗人的心中，其实一直都珍藏着一份细致的执着与坚强。那生命的最初就已经拥有的，对一切美好事物似曾相识的乡愁。

每一个生命都像一叶扁舟，在时光的河流中荡漾。或许，某一时刻会搁浅于沙滩之上，生活如同空耗，生命如同停滞。

但是，在我的世界里，每一次暂停或者慢速其实只是我的一次转身或者一次力量的积蓄，我可以用内心的阳光温暖这样一种残缺的美丽。

或许，我的光阴只是一朵盛开在角落里的野花。我只想用淡淡的心情，写下曾经的情怀，写下风起雨落的经历；我只想在四季的轮回中，用寂静的语言，诉说生命的无常。

水乡坐在水上

阳光明媚

水波温柔

……

我赞美水乡

我心中

流淌着一条河流

————《水的故乡》

泖水，是我的故乡。

我在水月湾里出生，长大。

水月湾之名起源于明代，以太宰公陆光祖（即陆庄简公）在西岸建酒坊等别业而命名。明《平湖县志》有载："陆庄简公于巨流中甃石为矶，当明月皓白，水光接天，增一胜概曰水月湾云……"

当我从乡下丰收小学升学到新埭中学，读了一些历史书，才知道古时候的水月湾形如月牙，碧波千顷，水天一色，与潇湘洞庭湖相媲美，有"小洞庭"之称。

自明代以来，有不少文人为水月湾留下了赞美的诗篇。明代张诚诗云："天目西来百里长，风流寂寞午桥庄。独余水月依然在，犹记尚书彰一方。"

清乾隆年间平湖文人陆桸斗有诗云："野王书堵已成墟，太宰亭台剩旧余。水月湾前看水月，东流障蓄意何如。"清道光年间平湖文人时枢有诗云："摇来两橹快如梭，报道曾经东泖过。水月湾头郎可到，问郎水月好如何。"清代新埭文人俞金鼎也有诗云："水月湾头皓月来，有人摇笔独登台。苍茫四顾碧千顷，太宰当年琳宇开。"

泖水文化源远流长，那些漂浮在历史里诗歌的光芒，无限拉长着现实与想象之间的距离。

水月湾古朴、细腻又不失优雅，明艳的美给我的学生时代带来了很大的触动。从那时起，我在新埭中学开满荆棘花的校园里开始写一些分行的文字，填补迷茫、诗意与猜想的青春梦幻时光。

应该说，每个爱上写诗的人，首先要具备敏锐的洞察力，而写诗本身又会令神经变得更加敏锐，便对这个世界产生更多的问题及思考。所以，我的诗歌并不是单纯地在表达内心，它来自水月湾、来自村庄、来自心灵，它也反哺于心灵。

水月湾让我发现了诗歌的精神实质，同时，是水月湾的一草一木帮助我拓宽视野，回归内心。是一水一月帮助我思考世间万物及它们之间的关系，我与世界之间的关系，八百里江南，十里稻花香，令我真切地体味到生命的丰盈和孤独。

水月湾跳动着诗歌诗意的脉搏，上海塘的河水流过激情湍急、冷静平缓、清澈明亮、浑浊深厚、苍茫遥远。无论时光虚妄，河床变幻，但它始终向着故乡明亮的家的炊烟的方向。

我写诗的时候，一无所求
我想
这是我的幸运

我不再祈求什么
就这样生活
就这样写诗

——《生命是一首绝美的诗》

我写诗是一种自然状态，因为，我从来不必以写诗作为自己的专职，所以可以离名利心很远很远，不受鞭策、不受进度、不受流派，更没有诱惑，从而能够使自己独来独往，远离圈子，享受在创作上极为珍贵难得的完全的自由。

当然，对于诗歌的品质，我从来都是一笑而过。无论是何等样的作品，在自己完成之后，就只能留待时间和读者来做评价。

> 每一颗种子
> 打开了
> 大地的喉咙
> 也打开了
> 天空的蔚蓝
>
> ——《种子》

从水月湾到水云庄，这是我艺术生命的又一次优雅的跨越。

水月湾前水云庄，美丽乡村，景色旖旎，这里蓝天白云，红花绿树；这里空气清新，气候宜人；这里望得见山，看得见水，记得住乡愁，这里是我的世外桃源。

我要感谢许多位朋友，谢谢他们给予我的鼓励和了解。

我也要感谢许多位在创作上给了我长远的关怀和影响的好朋友。

当然，我还要感谢我挚爱的家人。没有他们默默地付出，我不可能有那么多的时间和精力去搞诗歌创作。

最后，我还要感谢拿起我的诗集阅读的每一位朋友。

我的诗歌并没有那么好，是你们一如既往的支持，给它增添了力量和光泽。由于你们的热情，我孤独的世界、我的人生进入了如此宽广辽阔的境界。

近30年来，在我个人的生命里，得益于诗歌的东西越来越多。当我从诗中走出，我时时感到诗性的存在。正是那些不可名状的东西，给了我无限的向度和广度，让我领略了文学的魅力。如果把文学比作身体，诗歌就是其中的灵魂。尽管我的能力水平有限，只能表现很小的部分，但我依然保守着自己的初心，并为之努力。在我的生命里，与诗歌结缘并持之以恒地坚持到如今，是宿命，也是我的荣幸。

明天还在继续、生活还在继续，那么，我们相对微笑吧，不必再说些什么。

在心灵最细微之处，生命因诗歌而美丽。

坐在孤独之上

　　小时候，最早认识诗是骆宾王那首脍炙人口的《咏鹅》："鹅，鹅，鹅，曲项向天歌，白毛浮绿水，红掌拨清波。"而后，我总是边拍手念着边蹦蹦跳跳地去水月湾池塘边的草地上看鹅。喜欢诗中那种跃然纸上的意境，喜欢那种朗朗上口的韵律，更喜欢那种惟妙惟肖中隐含的无穷回味。

　　从学生时代写出第一首"诗歌"算起，至今我已有30多年诗龄了。30多年来，我的时间和精力大部分都交与了所谓"无冕之王"那体面的工作，能安静创作诗歌的时间不多，因而写得较少，能拿得出手的诗歌更是少之又少。当我自己回过头来看时，总感觉很是惭愧。

　　我不能确切知道我写的诗歌有什么用，如果我写的诗歌能够被一部分人喜欢；如果我的诗歌能够滋养、安慰一些人的心灵，使他们在尘世劳碌的生活中得到些许的慰藉、温暖和阳光，那将是对我意外的鼓励，我也会为此而感到快乐和幸福。

　　对于诗歌的痴迷，让我的生活有了许多诗意。尽管在现实生活中有着许多坎坷，但我总是能够笑对人生，能够积极向上，在诸多物欲的诱惑中保持一种纯真、一份淡然、一丝洒脱。有诗为伴，我不慕高官、不求厚禄、不图富贵，就这样简简单单傻乎乎地活出一个真实的自我。

　　我一直相信，诗歌是有色彩的，亦如无声的画。那些红的花、绿的树、白的云、蓝的天，都是笔下最真实的慨叹。寻梦，何须撑一支长篙？只轻轻地一笔勾勒，心灵便会盛开永恒的经典。

　　也一直相信，诗歌是有生命的，诗歌美丽着经年，美丽着你我。每一首诗就是一枚思想、一颗灵魂、一个不老的童话。而每个诗人都希望在诗中寻得心灵的一片沃土，让泪水在沧桑中开出微笑的花。

我天生喜欢孤独，不善言辞，不擅与外界交往，近年又有意地向着孤独、退避于孤独，与外界很少来往。几年来，我越来越体会到了孤独之美好，并且彻底地喜欢上了孤独。事实上人在孤独中会有别样的认识、领悟、所得，这是上天对孤独者的美好的恩赐、报偿。我在孤独中纯净，安静地和自然待在一起，倾听自然和上天的声音，写诗、生活，然后在孤独中、自然中老去、消散……

坐在孤独之上，我看风景烟花过处，一声轻叹，指尖盈握的，却只是点点滴滴散落的流年。于孤独的文字里仰望幸福，把细碎的日子打磨成一串浑圆的微笑，挽一袭芳华孤独而歌，何尝不是孤独人生的一种诗意与快乐？

光阴荏苒，我的文字美丽着诗歌，而诗歌高尚着生活。思绪在寻寻觅觅中定格，多少孤独温婉了多少有梦的时光，且珍藏这份孤独、这份快乐，且歌且行，且诗且吟。

我是多么感谢上苍，在我少年时，上天就将诗歌恩赐给我，使我遇见诗歌、拥有诗歌。多年来，我内心一直拥有高贵、广阔以及尊严，并借助诗歌的翅膀，一次次地从现实生活的无奈中飞离，抵达梦想，抵达光明，抵达无限……

《像风一样奔跑》这本诗集是我继《苦涩的芬芳》（1994年由大连出版社出版）、《记忆的村庄》（2003年由中国戏剧出版社出版）之后，第三本由正规出版社出版的诗集。

感谢《品位·浙江诗人》编辑天界、四川悟阅文化彭雪两位老师，是他们的关注、共识、支持使我的这本新作诗集得以结集出版。感谢诗人、诗歌批评家北塔和尤佑中正中肯的佳论！最后还要感谢我的家人，多少年来是他们对我的生活不辞辛劳、任劳任怨地多方照顾，我才有现在比较安稳的生活，并有时间进行写作。

少年时遇见诗歌、写作诗歌似乎还是昨日的事，可转眼间已是白发爬上双鬓。多少年来，我的心和我的精神一直都生活在一个遥远的世界里。

而生命终将消逝，我无须悲观，因为我坚信：无论在此，还是在彼，是人的形态，还是清风的形态；无论山高水长，还是地老天荒，我都会在泖河水月湾，向着朝霞、向着落日、向着蔚蓝的天空和夜晚的星空，向着高远、纯粹、精神、光芒，向着时间的方向，向着未来向着永恒眺望……

成长的岁月

从一名普通的读者到一名优秀通讯员，再到一名分社记者，我的健康成长一切归功于《嘉兴日报》。

最初接触《嘉兴日报》是在学生时代，每天中午自修课老师都要求我们阅读《嘉兴日报》，无形中文学的熏陶如一粒幼小的种子埋在了我的心田。踏上工作岗位后，由于长期读书看报，我对写作产生了浓厚兴趣，特别是在夜深人静时经常有一种写作的冲动。于是，我将自己白天所见所闻撰写成新闻稿件和一些文学作品寄给报社。起初，稿件大多数石沉大海，我曾经一度失去了写作的信心。后来，我就仔细揣摩报上的每一篇文章，认真学习优秀作者的写作技巧，从中受到不少启发，自己的写作水平慢慢有了提高。当然，每一篇稿子的发表都凝聚了编辑的辛勤汗水，这对于一名业余作者来说，是一种荣幸，也是一种鼓励，更是一种鞭策。

结缘《嘉兴日报》，一路与它同行，就像波涛拥抱着海岸，那是一种永远不舍的深情。令我特别难忘的是1997年香港回归祖国，我写了一首《香港回家》的小诗，向报社副刊投稿后，不久就接到副刊编辑夏辇生老师打来的电话，这位素昧平生的编辑老师通过电话对我耐心地进行指导，她认真负责的工作态度与敬业精神令我无比感动，也使我这个初出茅庐的小字辈作者受到了莫大的鼓舞。此后，我便一发而不可收，一有空便给报社投稿。后来，我见副刊《五色螺》办得很好，很多作者的文章都很见功力，我渐渐喜欢上这个版面。于是，我就试着给《五色螺》投稿，编辑彭桂林老师对我的稿件很是器重，在他的关心、鼓励和帮助下，我的一些小文章先后问世，他兄长般的关爱与教诲，我铭刻在心，一生受用。我不停地写稿、投稿和发稿，辛勤的汗水终于换来了可喜的成绩，我连续多年被评为报社积极通讯员。

圆梦《嘉兴日报》，我一生的命运因此而改变。2000年下半年，我进入嘉兴日报社平湖分社工作，做了一名文字记者。欧福泰等老师给我的支持和鼓励使我受益匪浅。盛建生老师手把手教我新闻摄影，几年来，我逐渐由一名文字记者成长为一名摄影记者。

2005年，我进入了嘉兴日报社桐乡分社工作，任视觉中心主任。"路漫漫其修远兮，吾将上下而求索。"在漫长的人生之路，有了《嘉兴日报》这位良师益友相伴，相信我会走得更好、走得更远。

书之爱

莎士比亚说："生活里没有书籍，就好像没有阳光；智慧里没有书籍，就好像鸟儿没有翅膀。"

在当下，能静下来读书是一件很奢侈的事情。很多人忙着这样和那样的事情，神经绷得很紧。读书最大的好处是能够扩大知识面、陶冶情操、提高自身文化修养。也唯有读书，会使人的心态越来越静，因为你获得了实实在在的知识，有了知识的依靠，你心里会感到踏实，心里踏实了，人才会平静。

我自小喜欢读书、藏书，在我看来，一本书，就是一位智者。阅读和收藏书籍，就是与智者交朋友，感受知识，真切地从阅读中获得快乐和力量。

我的阅读主要分三个阶段：第一阶段阅读书籍主要以诗歌类为主，因为爱好写诗的缘故。偶尔发表作品拿到稿费就心血来潮，疯狂买书阅读，花了不少钱，近几十年的稿费一直在倒贴。第二阶段是摄影艺术类，因为工作的关系。搞摄影，要学习人家的技术经验，不得不买书，这类书比较贵，往往精打细算过日子，牙缝里省下钱来买书。第三阶段是文史类，自从我 2012 年辞掉工作，回到平湖后致力于传统文化乡贤名人的挖掘和研究，特别是陆稼书的研究，花费了大量的精力和财力，购买不同版本的古籍。研究取得了可喜的成绩，编辑出刊《陆稼书研究》十辑，发稿学术论文和各类研究文章 300 多万字。

我的阅读因自己的兴趣所致，有一定的量，但是比较单一。能自觉阅读总是一件有益的事。阅读，是一种生活方式，也是一座城市的气质底蕴。如果大家都能静下来读读书，诵诵经典，问问自己的心，养养自己的神，那么平湖这座书香城市的明天必将更加美好灿烂。

感受书香，携书而行。我们在路上，我们正在路上，让我们一起努力前行，一起加油，全力打造平湖书香城市！

横街的千年梦回

横街是崇福古镇上的一条老街。

横街，顾名思义，是一条横着的街。确实如此，横街正好横跨崇福这座千年古镇。

横街，像一位惯看春风秋月的老人，端坐在江南水乡，端坐在京杭大运河边。

悠悠运河水，绵绵故园情。横街演绎出了崇福这座江南水乡古镇，运河温润的品格孕育了古镇的品格：一切顺其自然，汩汩流淌，永不停息，不争不弃，应时盛衰，循环递进。古镇应着大浪淘沙的节拍，诠释着大道通天的峥嵘岁月。

是谁在何时第一个踏上横街？横街曾经承载过多少人的足迹？这没有人能说得清。然而，只要置身横街，哪怕脚步再轻，都能隐隐约约听到历史的回响。

横街是平静的，同时也是寂寞的。从东往西或从西往东在横街上慢慢走着，往往会产生一种一步步离开现代尘嚣的感觉。行走中，禁不住要抬头左右眺望，然后前后打量，那些窗、门、浮雕、屋顶饰物，近在咫尺却又仿佛远在天涯……

一路走过去，会看见一些老人坐在门口，他们守着一个小孩或者一条小狗，抬头或者擦汗的瞬间，慈祥的、沧桑的面容与古老的横街相依相伴，相得益彰。当然，现在街中老宅以租客和老人为主了。听街中老人说"现在这里全是老人了"，看来，老街对年轻人显得不那么重要了。所以在这里，很少有年轻的面孔从老门洞里出来。也许，他们都搬出横街崇尚现代物质文明去了。偶有新建的楼宇，却因外表新而显得与横街格格不入。原来，有些东西因为时间的推移而更令人心动，就像这些古旧的楼房，一砖一瓦记载着历史，那些被风雨侵蚀得失去了本来面目的窗和门，似在无言地述说着这座千年古镇的沧桑。

早在明清时，横街就是商业闹市，至今仍保存着比较完整的清代街市风貌。不仅如此，横街还是崇邑望族聚居、名士乡贤生息之地。这里人文荟萃，有明代山东布政使劳永嘉、清初浙派诗人领袖吴之振、清末著名画家吴滔、"鉴湖女侠"秋瑾挚友南社诗人徐自华、足球名将戴麟经等故居。

横街上的这些旧宅院，从那些斑驳的石墙脚，不难看出古镇曾经的繁华，虽然横街嵌在现代化新城里显得窄小而寒酸，但高屋灰墙映照着的老树，仍然显露出它往日的辉煌。走进这一座座深宅大院，仿佛走进了旧时的岁月。

清末民初，横街以半爿弄为界，分东西两段。横街东段、中段商家鳞次栉比，遍布衣庄当房、皮货商铺、茶馆酒楼和手工作坊，为崇福镇的商业中心。横街西段原属登仙坊，名人故居众多，被视为风水宝地。南出保安弄，这里的老房子像沙地里的珍珠一样掺在凌乱错落的巷道中，有些房子的门窗和线脚细部，像珠宝一样精美漂亮，它们默默地亲历着这个世界的变迁。南方市井生活的质感在里弄夏日的冲淋、门前的聚谈、厨房的炊烟中尽情呈现。横街的古韵遗风在这份惬意和舒坦中苟延着，传承着。

初秋的傍晚，横街当年的风流虽已不再，却留下各种各样诡异的传说四处散落。夕阳里，横街的青砖青瓦清水墙，仿佛在向世人诉说着一个个古老的故事。没有遗憾，只有星星点点的片段偶尔在记忆的长河里泛起圈圈涟漪，散去的是人与事，而留下的是浓得化不开的对古镇的那一份深深的情怀。

耸立在横街东端浒弄口的皂荚树，至今已有130余年历史。该树是昔日硝皮师傅将硝皮脱脂用的皂荚籽倒在浒弄口垃圾堆上自发长成的，无意间却成了崇福古镇皮毛产业发展壮大的见证。现在，皂荚树依然静静地挺立坚守着，任时光流逝岁月变迁。

横街就这样年复一年地在燕子迁徙的足音里、在木板门的剥蚀间、在游子们的怀想中悠悠地积淀着峥嵘，积淀着真实，积淀着古镇一代又一代人和谐自然的生活故事。

横街是古镇活着的历史，面对它，我们唯有敬意与珍重。

大运河古韵今风

读小学的时候，语文老师给我们讲京杭大运河，她说京杭大运河与长城并列为中国古代最伟大的工程，是中华民族勤劳智慧的结晶。也就是说，从那一刻起，我知道了京杭大运河是怎么一回事。

2005年年底，我从平湖来到了桐乡，无论在工作之中，还是在工作之余，我首先感受到的就是桐乡人浓浓的运河情结。地处京杭大运河南端的桐乡，位于杭嘉湖平原腹地，历史悠久，人文荟萃，自古以来就是繁华富庶之地，被誉为"鱼米之乡、丝绸之府、百花地面、文化之邦"。因此，桐乡人往往以运河人自居，桐乡的政治、经济、历史、文化的发展都与运河有着密切的关系，桐乡虽然没有名山大川，然而小桥、流水、人家等众多的人文景观和历史遗存，为人们构筑了一道江南水乡独特的风景线。

"翠华六幸有行官，官柳丝丝汉苑同。莫道烟痕太消瘦，当年曾系玉花骢。"这是清代诗人施钟成在《玉溪杂咏》中描写运河段石门大营的一首诗。早在唐朝石门就设了驿站，清朝康熙和乾隆两帝11次沿运河南巡驻跸石门，使运河两岸的崇德、石门更加繁华。

在我童年的记忆中，石门一直是父辈们茶余饭后谈论的热门话题，那时候还没有汽车，交通工具主要是手摇船，所以父辈们出远门去得最多的地方就是石门，每次回家都是满载而归。

桥是运河文化的组成部分，桐乡河网纵横交错，出门举目见桥。古桥一般分拱式和梁式两种，一座座拱桥远望似长虹卧波，美丽至极，桥面和桥孔的曲线更是和谐优美，桥孔如初月出云，桥面如驼峰隆突。圆润、方石、弧形背，三者相处得体、和谐，将力学规律和美学规律融为一体。最有名的要数乌镇的姐妹双桥了。

　　亲近乌镇，乌镇给我的第一印象是那句广告语："一样的古镇，不一样的乌镇。"广告画上错落有致的白墙黑瓦着实给人一种册页般古朴的艺术之美。的确，随着旅游开发和宣传的力度加大，世界上越来越多的人知道了桐乡乌镇这个江南富饶而又美丽的地方。因为运河，千百年来，历代文人被桐乡这诱人的河光水色和优美的水乡风光陶醉，留下了无数赞美的诗篇和文章。

　　千里不同风，百里不同俗。在桐乡诸多的习俗中，最值得一提的是庙会，亦称"香市"。为了预祝蚕茧丰收，在每年清明节前后一星期，芝村和河山等村镇都要举行盛大的蚕花盛会（也称龙蚕会）。活动基本在水上进行，故亦称"水会"。乡民和蚕娘们均穿上各具特色的丝绸服装，以自然村落为组织，划出各自装饰好的大小船只数百上千条，会聚在以双庙渚为中心的水域。当"蚕花娘娘"和"马鸣王菩萨"在两班"銮驾"的簇拥下，从双庙渚"出巡"登上华丽的大船后，活动便正式开始。各种船只布满河港水面十余里，船上插着乌龙旗、大红旗、金钱旗等，旗上绣着"蚕花胜会"几个大字，向沿岸观众展示各种传统技艺，有高杆表演、武术表演、拜香凳、踏白船、舞龙灯、打莲湘，以及蚕花姑娘讨蚕花等各种民间表演，那场面十分壮观。

　　古老的运河，1400多年来静静地流淌，河水像母亲的乳汁一样哺育了两岸勤劳、纯朴的人民。关于运河，在这个静静的午后，当我坐在振东大厦三楼的办公室里，泡开一杯芳香四溢的菊花茶，那味便尽在其中了。

珍爱生命安全行

随着人类文明的进步，人们生活水平的提高，自行车、摩托车、轿车进入了寻常百姓的生活。但在此同时，一个个惨不忍睹的交通事故又时时提醒着人们生命的可贵。那触目惊心的交通事故无情地吞噬着人的生命，不禁使人毛骨悚然。一个生命的突然逝去，给一个家庭，甚至于多个家庭蒙上永远的阴影，给亲人，甚至于更多的相关者带来无限的痛苦……

据报载：某年某月某个周末阳光明媚的上午，蓝蓝的天空中飘着朵朵白云，空气中弥漫了融融春日的惬意，人们悠闲地享受着双休日的休息时光，一名老板带着自己年轻的妻子和年幼、乖巧的孩子踏上外出游玩的开心之旅，一路上一家人说说笑笑是何等的开心快乐啊。然而，随着一声震耳的巨响，这个家庭所有的快乐以及对这个世界亲人的眷恋瞬间统统被带到了另一个世界。这辆小巧的家庭轿车瞬间如同飘落在路边的一团被揉皱的废纸。是什么造成了这种不幸的发生？没有避免的可能吗？这一切本是可以避免的。如果不是那位载重车的司机因为疲劳驾驶，竟然趴在方向盘上睡着了；如果他在劳累时肯将车停在路边休息一下；如果他意识到自己的疲劳驾驶会成为交通事故的隐患；如果……所有的"如果"是那样苍白无力。只有从车中抱出的还没有来得及看清这个多彩世界的小孩子的尸体和他微张的小嘴仿佛在向观望的人们无言地诉说着：这个世界——我来过。这个家庭永远消失了，两个人的音容笑貌仿佛依然在眼前，可爱的孩子高兴地和爷爷奶奶告别的稚嫩童音依然响在耳边，一家人温馨和美离去的场景还历历在目，可是一切的一切都在一声刺耳的撞击声中灰飞烟灭……留下的是悲痛欲绝的亲朋好友。这样惨烈的车祸每时每刻不知发生了多少，背后又不知演绎着多少惨烈的人间悲剧。

朋友们！当你因为路口没有车辆而在红灯下穿越马路，你是否想过你已经走到危险的边缘？当你驾车在路上抱怨行驶太慢，想违章超过前面的车辆，你是否想起每年有多少司机因为违章超车而命丧黄泉。当你抱怨规定太多，交警太严，你又是否想过，如果不是这样，这份车轮底下的死亡报告还将带给人们多少的震惊和血腥？朋友们，按照规定路线方向行驶，不闯红灯、不超速、不醉酒驾车、不横穿马路等，这些非常简单的行为，既是遵守交通规则的表现，也是一种文明的行为。因为您不仅保障了自己的出行安全，也尊重了他人的生命。

我们每一个人的生命都是宝贵的，让我们自觉遵守交通规则，珍惜和尊重我们彼此的生命。想让我们的孩子快乐地玩耍，让我们的亲人安全地驾车，让我们的朋友安心地行走，那就让我们用自己的文明和爱心共同撑起一片生命的晴空！

经典诵读之我见

经典是我国古代祖先对于万事万物所总结出的真理；是历代祖先智慧的结晶，诵读是通过反复读以至成诵从而达到更高层次。所谓"经典诵读"就是将经典和诵读完美结合，从而达到最好的效果。

人们常说："书读百遍，其义自见。"诵读是语言学习中最重要的方法。钟为永先生在《语文教育心理学》中对朗读做了这样的说明：朗读是一种眼、耳、口、脑同时并用的思维和语言的综合活动，朗读把无声的文字变成有声的语言，朗读是表现情感、陶冶情操的一种艺术技巧。朗读有利于加深对课文的理解、感受和领悟；有利于提高阅读能力、欣赏水平和表达能力。

经典诵读对学生来说很重要，可以使学生的识字量增加，促进学生的人文精神，培养和提高学生的语感。同样，家长是学生的一面镜子，学生的文化素养同时也体现了家长的文化素养。"江山易改，本性难移。"人生最难化者唯习性，良好的习性一旦养成，则终身受益不尽，反之将受害无穷。要启发理性、开拓见训、陶冶性情，除诵读经典外，恐怕别无切实可行之方了。

《语文课程标准》提出：阅读评价要考查学生阅读的兴趣、方法与习惯，以及阅读材料的选择和阅读量。王财贵博士所著《儿童中国文化导读说明手册》中多次提到读经典能帮助学生养成良好的阅读习惯：一个提早认字的儿童，可以提早阅读，而养成阅读习惯的儿童，不但自己吸收知识，也省了父母多少担心！更能减少社会多少暴戾之气！读经典的儿童，由于语文能力的增强，往往可以开启广泛的阅读兴趣，应多加鼓励，以便养成读书习惯。背诵最有价值的经典，趁儿童心性纯净时，耳濡目染于圣贤光明正大的智慧思想之中，潜移默化其气质。经典的价值将伴随其人生经验的成长而如吐芬芳，绽放光明，能扶持他克服人生的逆境难题。长期的诵读熏习，亦可养成他阅读古文的能力，那么，中华文化的智慧宝藏将任其悠游探取，陶冶他的性灵、开阔他的心胸、端正他的品行。

在学生中开展诵读经典，我非常赞同，这是学校一个很好很有远见的举措。诵读经典的学生，我们不用担心他们的前途，因为他们的胸怀是博大的、见识是丰富的、行为是优雅的、意志是坚强的。智慧与见识会比一般没读过经典的强很多，他们绝对是有理想的，是下一代社会中的中流砥柱。志向要从小树立，一般的"学者、专家"只看到经典诵读是开发潜能的一种方式，这样未免心胸狭隘、眼光短浅了。

当然，诵读经典能培养学生的潜能，这是绝对不用怀疑的，也是绝对不能忽视的。试想想：一个能背诵充满智慧的几万字的学生，他在自己的头脑中自然会以他喜爱的方式整理过滤，等需要的时候很自然就能调动出来了。这样一个有思想、有内涵的少年，你还会担心他写不出好文章吗？他对文字已经非常敏感了，你还担心他不爱阅读吗？他有远大志向了，还担心他成为不良少年吗？这是不可能的，你不让他学习，他反而会不自在呢！还有，一个能大段大段地背诵英文经典的学生，你还担心他不会听、不会读、不喜欢阅读英文著作，看到"老外"会胆怯吗？不会的！这时他已经胸有成竹。

充分发掘学生的记忆潜力，这是在不牺牲学生的理解力为前提的条件下，"小疑小悟、大疑大悟"，同时，我们作为家长要因其势而利导之，不能扼杀他们好学好问的积极性，要鼓励和扶持，这对于他们学习经典的兴趣和持续性都有着极大的作用。有这么一个故事，一名学生在某一天晚上看到酒醉而归的爸爸，就脱口吟诵"年方少，勿饮酒，饮酒醉，最为丑"。假如我们的学生经典诵读达到了这种程度，这就达到了学校和我们所预定的和附加于他们的一些目标了，等到学生未来的哪一天，他们会反刍这些曾经所学，更能明白这些经典的深博内涵。

辑

贰

后散文

我是在看了百花文艺出版社出版的后散文丛书之后，才知道有"后散文"这么一个时髦称谓的。

"关于该文丛对于后散文的解释——它所关注的正是这样一些散文，遮蔽在媒体散文后面的散文，它们的作者具有独立的价值判断和艺术追求，并在自己的作品中坚持这样的追求，他们的写作并不迎合媒体的需要，甚至不照顾读者的传统阅读习惯。他们能够做到的，是保持写作的尊严。他们相信，即使是商品社会，散文的作者和读者之间，也不应单纯是制造商和消费者的关系。他们把读者视为心灵上的朋友，同声相应，同气相求，是不需要包装与叫卖的。"（谢大光语）

我不知道谢大光是何许人士，但是从他给文丛作序这一点来推断，肯定是一个教授级别的大人物。我非常佩服谢先生的远见，他把散文大胆地划分和定义，他的创新行为着实让一些自由写作者更加坚定了写作的信念。

关于散文，永远是一个充满哲理和智慧的话题，我们常常谈到散文写作的自由随意性。自由随意几乎是每一个写作者都在追求的境界。而自由和随意是需要前提的，个人的写作状态至关重要。后散文所提倡的是写作者以平静的心态进行写作，不为声名所累。这样的散文是新鲜的、富有朝气的。

既然散文有了"后散文"的时髦称谓，那么，我想，后散文的"后"不是狭义的，而是广义的、开放的，它符合社会发展的客观规律，也符合现代写作的发展规律。在经济日益发展的今天，写作越来越属于个人化了，越来越没有共通的规则和特征了。就像现在流行的博客写作，写作者并不关心散文是什么，而更关注心灵是什么，语言是什么，怎样让语言逼近心灵，倾听心灵的声音，他们通过互联网，随心所欲地把自己想说的话说出来，分行和不分行其实已经并不重要了。因此，后散文，在某一种程度上来讲，它们有着传统散文所陌生的裂痕，具有鲜明的语言感和现代感。

无论怎样，散文也好，后散文也罢，散文私人化至少证实了这样一种判断：优秀的散文作品是无须悲观的。就像金子一样，不管是存留在官方还是遗留在民间都是值钱的。我是一直这样固执地认为。

写 诗

　　我的诗写得不好，但还是忍不住写了。

　　"忍不住"，这个词语用得很准确，就像一个男人走在大街上，有一个漂亮的女孩从身边晃过，他忍不住回过头去望了一眼。

　　写着写着，诗就一直写到现在。总算有了两三本也叫书的成果，诗人的头衔让人有点不敢小看。而真当有人问及诗是什么时，我便无言以答，顿时脸一阵红一阵白。

　　忽然间忆起，1993年我在伟大的祖国首都北京一个叫隆恩寺的地方参加首届中国现代诗创作笔会期间，曾听一位著名诗人讲过这样一个耐人寻味的故事。他说，有一次他带女儿在秋天的公园里散步，一片树叶从枝头落下来，于是，他就问他的女儿这飘落的树叶像什么。他女儿回答："像一只小船，装着一个个美丽的童话，飘到很远很远的地方去。"

　　"飘到很远很远的地方去。"多么诗意的一句话，在小孩天真无忌的童言里。

　　我想，这是不是我要寻找的所谓的诗？你说呢？回答是肯定的。

喜欢纯净颜色

喜欢纯净颜色的人是可怜的，这如同追求完美。世间的月朗风清都没有圆满，对没有的追求成为自残的一种可耻理由。

内心渴望纯净的人，必须训练自己对任何无情的残缺有所担当，如若不能，就会跌入自卑的泥潭，无法自拔。

喜欢拥有纯净物品的人是一种具有一定保护欲的人。

纯白的棉衬衣，不善加保护，就会起黄斑或者霉点，而且较其他色泽这些污点会更明显，明显得令人心痛，像隐于胸口的伤疤，时刻提醒着你，让你再次受伤。

天空的蓝如果太纯，就会给抬头看天的人增添更多的寂寞。纯净的天空承载起孤独的心灵。

纯净的爱是单纯的，因为单纯，所以更加残酷，不能有背叛，心或是身。心灵渴望拥有纯净爱恋的人，必是自恋的，因为自恋，所以孤独，像淤泥中摇曳的莲花，注定只能临水凝望孤零的身影。

思想纯净的人，简单而干净，他们不受名利物欲的左右，心中的念头清爽、透明。他们也许在世俗中拥有很少的空间，像草一样无法得到重视，却一样散发色彩，纯净的草绿色，无味，清淡，悠远……

温润的江南时光

山　塘

名字叫山塘，这里没有山，这里只有塘。浙江，上海，你中有我，我中有你。

这千年的守望，春风吹到山塘，就不愿再走了。吹成了山塘的绿、山塘的气息、山塘的时光、山塘的美，吹成了山塘最温润的一部分。

我用吴侬软语把月色铺成回家的路，只有真正懂得山塘的人，才能扎进那绵长雅致的大农业，以农为马。这是我的梦，后半生，我已等不及了，就像青草一样落在山塘，这水墨江南。

明　月

就在今晚，我想触碰一场随风飘来的梦。凝眸处，你把江南厚重的历史裁成一缕缕的白雾，自山塘河上升起。此刻，我联想到了所有可能的绚烂。明月从千里之外赶来，雀鸟和岸柳握手言欢。

马头墙学会了表白，留在记忆里只为等你。穿越唐诗宋词，打捞诗仙遗留的墨痕。三月，早已羞红了脸，看那油菜花幸福的模样，看那杏花、樱花、梨花、桃花幸福的模样。

明月醉了，山塘醉了。我仿佛听到了你心的萌动，我仿佛听到了你轻盈的脚步，已经搅动了飞天的春泥。

水 墨

你以田为纸，以水为墨，你大手笔书写一页页传奇。你的安闲，你的自在，充满了鲜花和草叶的芬芳。

我徜徉在田野，看柳枝舞动太阳的光芒，看清清的河水微波荡漾。

悠游在季节深处，你的娇媚从田间闪出，你的倩影在纸笺上摇晃，多少月亮和梦想绘成大地册页上的风和雅。

俞家浜

水的清澈，叶的翠绿。淡紫色的风颤动着——融化了繁杂和喧嚣。河中岸树丰盈的倒影是我昨夜的梦。这是水乡。轻轻地，我走来。

那散发青苔气息的小径，流动着耀眼的轻盈，透明的忧伤在水里苏醒。湿润的呼吸唤醒了一片秋的意韵……

我知道，我守望的身影深陷水里。水中花开了又谢，谢了又开。我脆弱的心在喘息里悸动，那水鸟出入的石埠，那游船栖息的地方，叠排的黑瓦哼一支古老的谣曲，者舍的青砖，印着风的裂缝，甲壳虫在细竹林里发出声响，黝黑的蜘蛛合上了捕捉的网……

我看见夕阳跃进河里痛痛快快洗个澡。橹的歌，雀和树叶的赞美，弧形的旋律。风，在大地边缘低低地问询，不经意间地回眸，我闻到盈溢的果香，骚动的鱼腥，以及河流柔软地滑行……

哦，江南。这是水乡。轻轻地，我走来。这是我的童年，也是我的梦幻。我走过炊烟、走过白墙黛瓦、走过蓝天白云。硕大的棒球场，一簇清丽的修竹，一排红红的灯笼。没有拘谨，步履盈盈。我走过……

在踏白船的锣鼓声里，我侧耳倾听——关于水、关于八大碗，青虾的细钳，时尚的星宿，一个浜的绵长故事……

一切还没结束，一切刚刚开始。

独山港的春天

码 头

这是春天里一个美好的下午，一种美好的心事。

因为文学，我诗歌般跳跃的心情跟着采风队伍近距离与大海接触。

回味海风飞翔的样子，数着浪花，欢呼声，雀跃着，海风把思想凝固成码头的一部分，我把历史丰满的翅膀交给苍穹。

在独山港码头，海水抚摸着一艘艘轮船，轻柔地拍打着它们坚硬的外壳，我静静地去感受海浪，感受它轻盈的浪花、感受它睿智的柔情、感受它焦灼的勇气，还有什么呢？

我整个人、整个心融于其中，情，是真的；爱，是真的，就连心底那份柔情也是真的。

辽阔的大海铸就了独山港人一辈子的守望，等待凝聚了汗水与血液，漂泊结晶成石，成了不老的传说。记住了岩石与浪尖的永恒，是一种美丽的相撞，那样的火花折射出了太阳的光芒和爱的烈焰。

天空中，那轮似圆非圆的太阳就在我的斜上方，不远也不近地伴着我，只要一抬头就能望见它，好像从来没有离开过我的视线。

闪耀的光晕里，那龙门塔吊依然有形，高大威武。那些集装箱远远近近，像流动的线条，并无章法但很有序，把码头点缀得恰到好处。

迎面而上，有不相识的工友从身边匆匆走过，习惯性地打声招呼，他们报以淡淡的微笑。感动码头上一些细微的章节。那时，我总会把高频调到最低处，有人唤我，只要听到就好。

走在码头上，我想着并不仅仅属于一个人的心思时，几只被吵醒的海鸥飞旋在我的头顶。看着它们时，我本还带有些疑惑的情绪便没有了去向，我昂起首，尝试着与这些可爱的精灵们对话……

晨光电缆

你是个含羞的姑娘，懒洋洋地依偎在光明的怀里，我不敢去紧抱你。我知道与你之间寻求的是一份挚然，一份亲切。这一丝久违的晨光，你带给我的不是初恋的感觉，而是一味思乡的苦涩。

曾经，在北京的鸟巢我看到你；在上海的地铁我看到你，在祖国的大地，我感受到了你带给我的不仅仅是清凉与温暖。

多少次，在梦幻中与你相遇。多少次，在现实中与你擦肩而过。

人都说比天空和大地更远的距离是人与人的距离，你说：因为人心里都会藏匿太多的猜忌和戒备，想要快乐就甩开生命中这些过于沉重，却又不必要的行李吧，生命中有爱就足够了。

你试着给周围所熟识的或是陌生的人一个真诚微笑，你说：它可以触摸到他人的心灵，微笑是有感染力有连带性的，它会无声地渗透进每个易感的心灵，会让更多的心灵为之感动。

心中有爱就会快乐，你让微笑发自心底，亮光灿烂在脸上。

出发或者抵达

行走在沙漠

人，行走在沙漠中，成为一个存在的符号，出发或者抵达。人生的状态就是这两者之间的一段旅程，从脚下出发抵达另一处脚下。出发是为了抵达，而抵达就是另一次出发，行走之间完成生命的轮回，人就在轮回中绽放生命的无限美丽。这种美因为慎重所以带上了严肃的表情，生命是一件认真的事情。你看天地间的万物，即使浩瀚如沙漠都安静自重有一种天地间浑然自知的明白。沙漠的美在于在某处隐藏着一口井，那么，人生的美应该如这沙漠一样总是有绝处逢生的惊喜。像骆驼一样活着，有随遇而安的外表和有所坚持的内心。每一个坚强的生命总是具有无限的力量，它们没有时间感，从来不瞻前顾后，坦然真实认真地活在每一个当下。

天地之光

光，行走在黑暗的角落，成为神，照亮、温暖和启迪。幼时，对黑夜充满恐惧，总觉得在某个地方有个可怕的身影，它随时可能出现，吞噬自己。长大后才知道，其实，那个可怕的东西不在某处，它一直都住在每个人的心里，不曾离开。因为我们的心灵贫瘠匮乏而不能自己发光，所以，人时常会恐惧、焦虑和烦躁。只有用自己的光照亮自己我们才能真正地活着。人的一生一直在寻找，寻找能给人带来幸福的青鸟。它有时离我们很近，有时又很遥远。带上善良真诚，历经千辛万苦，也许最终我们还是找不到传说中的青鸟。但是，找寻的过程让我们渐渐成为具有充足能量的光源，那是一种真正的爱。拥有它，每个人都能以自己的方式给心中的小黑屋点上一线光亮。

野 火

火，行走在冷风里，化一片片枯黄的树叶为辽阔。生命以火焰的形式绽放、跳舞或者歌唱。火与风抖动的尘烟处，燃烧腾起的火狂舞飞奔，泥土的魂魄犹如灵蛇的游影，缭绕在坡地的寥廓。穿行在漆黑的大地，准备了一万年也走不出这个无边的静谧。天籁的声音干涸了那棵幽咽的老树，清冷的光丝逃遁了，丢失一个寂寞的灵魂还依然摸索在空旷的荒原。野火，当辽阔的灼热消失以后，揩干被你熏出的泪水，我看到你亲吻过的大地，再无腐败埋没新生的草根。在野火燃烧的土地上，有翠绿的草根暗藏着春色，从焦黑的枯草中露出头来。明年，荒原将简洁地流畅葱绿碧翠的色彩，让我们的视线一无阻挡地亲近地平线上喷薄而出的那一轮朝阳。

水，河流，梦以及其他

1

水无常形，诗无常规。

2

一条河流的梦，是一个幸福的梦。

3

我是一滴水，一滴平凡的水，我来自山川、来自草原、来自河流。
我默默地，站立草尖、树叶，为的只此那片青绿。

4

我把爱洒向天空，天空就会挂满七色彩虹。
我把情留给沙漠，沙漠就会长出迷人绿洲。

5

鱼游天空，鸟飞水底。
喜欢青蛙，
唱一曲自己的歌。

6

思念，渐行渐远，每个人心中，都有一条隐秘的河流。远山已远，家园更远。
大地如此沉静、村庄如此沉静，每一颗星辰都是泪眼。

7

水是蓝色的，虽然颜色较为微弱，但真实是蓝色的。由于受到光线折射的
影响，水还可以是红色、绿色和黄色等七彩色，但我喜欢蓝色，喜欢江河的浅
蓝，更喜欢大海的蔚蓝。

8

有一条弯弯的河流，像一束丝绒似的在阳光下灿然闪烁，在两岸杨树和柳
树之间，飞星溅沫，一路穿过诗意盎然的江南。

9

诗，无法无天。诗，诸神歌唱。

10

我写诗，左手是桃花，右手是梨花。
或者，一半是火焰，一半是海水。

11

我的一生，有两个作品值得骄傲：一个是水月湾；另外一个是水云庄。
月与云，都与水有关，且都与诗有关。

12

喜欢海子。
喜欢面朝大海，春暖花开。
喜欢骆一禾、喜欢西川。这北京大学三诗客，让我对诗有了自己的理解。
偶尔，也会读顾城的诗。

13

生命，是自由的；诗歌，也是自由的。

14

我一直固执地认为：书中自有黄金屋，书中自有颜如玉。所以我固执地爱上
了文字、爱上了读书、爱上了写诗。然而现实的当头一棒，将一切美好击破粉碎。

15

你从哪里来？你到哪里去？我没有回答，也无须回答。其实，我的诗，已经告诉你答案。

16

西瓜、落日余晖和七瓣莲花，我行走在水乡的水上，就像光线行走在白纸的苍茫上。

17

写诗和坐禅一样，不可教、不可学，关键靠自己的悟性。诗人悟性的高与低，决定了诗歌质量的好与坏。

18

假如，小说是名词，散文是形容词，那么，诗歌就是动词，动词是汉字的最高境界。

19

写诗，有意思。有意思，才写诗。诗与远方，远方遥远，遥远的远方，一无所有，一生拥有。

20

我多么希望，我的诗歌是一剂良药，能治好你痛苦的疾病。

我多么希望，我的诗歌给你带来好运，快乐幸福陪伴你左右。

我也多么希望，一百年之后，有人看到了我的诗歌，就像看到了我一样，潸然泪下，泪流满面。

21

剖开水，剖开河流，剖开诗歌的心。

22

小草爱做梦，梦是嫩嫩的。树叶爱做梦，梦是绿绿的。花儿爱做梦，梦是甜甜的。诗人爱做梦，梦是圆圆的。

23

水云庄，水的村庄，夜幕下的村庄，安静得只能听到自己的心跳。庭院里的路灯下，我的身影忽短忽长，忽长忽短。

24

你家财万贯，买不走我诗书万卷。

25

我写诗很快，快如闪电；我写诗很慢，慢如熬药。

26

忽然，想起一副对联：平湖湖水水平湖；无锡锡山山无锡。
我的故乡，三泖九峰景美如画如诗。
油菜花开季节遍地黄金。金平湖，因此得名。

27

水的河流，诗的故乡，梦的家园。

28

橹走了，帆去了，河流空留下一段爱情的痛苦回忆。

29

人生拐弯处，遇见诗。遇见幸福。

30

我想，我们每个人来到这个世界上之前，一定是在这个大自然的怀抱里，作为千千万万种光芒而活着。

31

写诗，并不很难，三岁小孩可以成为诗人；百岁老人也可以成为诗人。但是，假如一生都在写诗，那么，这是一件很美好却又很危险的事情，这个人肯定是个危险的人。

32

人的一生都在修炼语言，语言有着魔力，高明的人把一行诗也能写得波涛汹涌。这正是诗的魅力所在。

33

在诗歌里不要有过多企图。
即使再短的诗，也要努力给出细节，也要努力保持它的跳跃性。

34

诗的灵感由心而发，由生活经验上升到内心深处。

35

人要得到感悟，必须要回到纯净的心灵，就像水回到河流，河流回到大海。只有纯粹的心灵才能对外界的触动敏感。

36

因为有梦，所以诗意。

37

诗歌，多像一个情人，喜欢的时候，她总在那里，安静地陪着你。

38

我的诗歌，三分来自山，六分来自水（河流），一分来自这片土地。

39

我写诗，因为爱美、因为好这湖光山色。

40

我从来不认为自己是一位诗人，但是，别人一直都认为我是一位诗人。其实，诗不诗人并不重要，重要的是自己活得很像诗。

41

我的马，诗歌的马，音乐的马。

42

每个诗人都是河流的一朵细浪，语言的一个瞬间。

43

敢于做梦，勇于追梦，勤于圆梦。我的诗歌，写给有梦的人。

44

对于我来说，水，河流，不仅是土地的景色和故乡的景色，更多的是一种内心冲动、对话与和解。

45

假如没有水，石头就不能溅起浪花；木头就不能潮湿做梦。

46

我把诗写在厚厚的土上，我把诗写在蓝蓝的天上。

47

诗，写着写着，心境宽了，风骨硬了。

48

一生一世，水与河流。
三生三世，诗与远方。

49

诗写到最后，诗人一无所有。我诗歌里的苦与乐，十有八九，来源于这片太阳的土地，伟大的河流。

50

我不想当官，
我爱做梦。
我写诗的时候，
新埭牛最牛，
老子天下第一！

51

写老百姓都能看得懂的诗歌，你就是李白。否则，你再牛，也什么都不是。

52

我是一个不善言辞的人，我有一个做人上品、作诗漂亮的信念。

53

诗即我，我即诗。

54

雪地上踩出深深浅浅的脚印，那是我走向世界的征程。黎明和黄昏，月亮和星辰，那是我走向诗歌梦想的家园。

55

我手中跳动的汉字闪闪发亮，仿佛黑夜里萤火虫微弱地闪耀着光芒。

56

水柔和、清澈、包容、澎湃，它可随方就圆，也可因时而变、因势而变。
有人曾感叹道："天下之至柔，天下之至刚，莫非水也。"
水千变万化，人亦是如此。
出生到死亡，不同的人生阶段，人如水一般，演绎着不一样的人生百态。

57

世间青翠，为何生命苍凉如水？

58

母亲的河流，孤独地守候。

59

一本书无法完整地记录一条河流的长与深。河流衣衫褶皱，每一条波纹里都藏着流年的雨露。

60

我写诗，世界安静下来。

散　章

残　叶

也许，我就是那一片残叶，没有依栖的角落，
没有女孩把我捧在手里，让我感受到手心的温暖。
只有风，载着我，去一个又一个陌生的地方，
飘起，落下。再飘起，再落下……

飞向远方

飞向远方，寻找属于自己的梦。不管前面风风雨雨、雷声闪电，我依然
向前。

我屏住呼吸，寻找激情的下一秒。

一直向前，一直向前，因为在不远处也许就是梦开始的地方，金色的
天堂。

荡起青春的浪花，飞吧，飞吧，飞向远方，飞向梦……

红了樱桃

谁能等待我的寂寞？谁能望穿我的秋水？
即使，我在生命终处，我也要嫣然一笑。
即使，东风回首，暗角里的荧火，将你黯然下来，
我仍然，执着地注视。
你渐次旋开的笑容，漫浸我的四季、盛开我的花期。

花　毯

红花绽放如潮，红叶衬花容，妩媚娇妍，抢眼悦目，如地铺红花毯。
让你心无旁骛，细观静赏，情被花牵。
一朵红花垂落，切割了春。但它的眼神气息还留在春。

幻与影

当灯光擦亮了时间的缘，燃烧注定要在生命里穿行。
远方的诱惑。爱是幻影一闪而逝的过程。
蓦然回首，你和我却寻不着尘埃里的一丝色香。
生命难以把握，能衔住的快乐，只有瞬间。
这时，需要端坐提气，慢慢吐出心底的月光和海水。

我想喊

没有了光焰，只留下西天泛滥的火红，
一如恋恋不舍的情怀，模糊了群山的轮廓。

而我们视野中的黄昏，是一片闪烁光斑的湖面。

我知道落日的满腹心事，全都寄存在水波之中了。

我想喊，却凝固在欲言又止中。

静谧的黄昏

夕阳收敛最后一抹绯红，羞答答地躲藏到城市的背面。

整个世界都沉下去了。

被霞光唤醒的灯火。一两朵被高楼撞翻的白云。

没有什么会成为时光隧道独自飞驰的音曲。

只有那孤独的烟囱还高耸着，尝试着贴着黄昏写诗。

恋

花儿的馨香在空气中流动弥散。一只蜻蜓翩翩飞旋。

水晶般澄明的阳光斜斜地照射，正穿透蜻蜓那高贵的明黄与单薄的柔翅。

斑斓旖旎的霓裳似乎感受到痛楚，难以想象它如何承受光的灼热。

一个悬停，然后侧身，蜻蜓有如神秘的渊薮停憩在那朵花儿上。

踮起了脚尖，俯身接吻。蜻蜓和花儿。欢欣的微笑渗入它们的肺腑。

在那一瞬间，它们迷醉在惬意以及无尽的遐思。

芦苇之舞

秋天的旷野一片寂静。

阳光下的芦苇站立了春、夏、秋三个季节，它们顾盼流离，翩然起舞。

它们在深情地等候着白露的来临。

它们相互搀扶着、呼喊着、摇摆着、战栗着，波浪一样涌向远方……

蒲公英

小时候，只要看见蒲公英，我定会将它采摘，用嘴吹起它的白絮。

静静地看着白絮消逝在眼前，站在初夏的风里，这样的场面犹如昨天。

而当一株株蒲公英絮白幻化成无边的雪色，惊喜一定会溢于我们的心间。

走近它们，走进五月的雪色中，走进这壮美的画卷……

当然，虽然错过了最美的雪色，但残留的絮茸却依然令我着迷。

无论是鼓鼓的圆球，还是那干扁的伞把，或是散尽的空枝在阳光下摇曳。

时光与梦想一起飞逝，却依然飞不出这淡淡的怅然。

燃情黄昏

让激情和爱恋燃烧在黄昏！让思念和醉意燃烧在黄昏！让缠绵和拥吻燃情在黄昏！

让来去的眷恋和等待的希望一起燃烧！让宛如筝弦发出的美妙音乐燃情这沉醉的黄昏！

让所有的旋律、动画、色彩和柔情、缤纷一起来，燃情这醉意诗意惬意的旷美黄昏！

石林之光

在这里，每个人都能找到隐约于自己心中的风景。

然而，尽管你目不暇接、尽管你惊喜万状，你突然就会发现，这里的一切都是哑然无声、纹丝不动的，仿佛在远古的某个瞬间被冻结了，永远地冻结了。

四周围，除了僵固沉寂，还是僵固沉寂。

只有阳光，沿着石头斑驳的竖纹笔直地流注；

只有风，在石头的密林间曲折地穿行。这情景令人震撼。

水乡的晨

水乡，美在晨。厚重的雾气停在湖面上，酣然睡着，就等待着晨曦将它们唤醒。

苇叶沾着露水，恹恹地压向水面。沉积的露珠从叶脉上滑下，跌入水中，然后又被雾气裹着。

水乡，晨静静的，就像没有涟漪的湖面，渔船荡开满天的彩霞，为水乡铺出一条银光闪闪的路，渔网在晨风奏出的旋律里，撒出一串串湿润润的笑声……

睡　莲

清灵、娴静、淡雅、精致。

莲叶，油润均匀的沉静的绿，一面一面如镜般平展地铺于水面，错落有致；叶脉纤细清晰，如工笔画狼毫小笔勾勒而出，轮廓鲜明圆润，线条流畅。

人有人言，花有花语。花如人，各有各的性情、各有各的美。

爱莲，爱她不食人间烟火的清灵，远离凡尘的淡定……

梯田神韵

层层的梯田，金黄的色彩，仿佛就是画家的神来之笔。

轻轻一挥，把人间装点得如此丰富多彩，大自然就是这么和谐、妙趣。

怎一个美字了得？

你站在它的面前，感觉自己的渺小；你投入它的怀抱，感觉自然的伟大和神奇。

我们在赞叹和欣赏的时候，更多的会想到什么呢？

相 约

不需要更多的言语，我和你相约在春天。

相约着年轻的心所拥有的那一份美好，把蛰伏已久的心里话和那些充满神奇的故事，无怨地面对着阳光倾诉，面对着那些万象更新一遍遍地叙说。

向日葵

向日葵快乐的金黄的圆形花朵开放在北方的原野上，开放在一切朴实的花和优美的草中间。宛似在山头上照耀。

那似乎在注视着你的花，其实不是在看你，而是在看神圣的太阳。

既然它不看下面，你便可以通过它看上面。

它正是为此才让你看的，为了使你记得阳光，记得那一看就晃你眼睛的阳光。

向上攀登

望不见山顶，只知道有山顶，然而，我还是要攀登。

我看不清远处的景象，也想象不出未来的风光，然而，我还是要向上。

一路上，我小心地收集着触及的每一缕阳光，我需要让它不断地温暖我艰难前进的脚步。而且，我必须不断地擦拭目光，我不能让它在反复被苦难纠缠之后，变得黯淡神伤。

向着峰顶，我艰难地做着一寸一寸的接近。

我知道，接近了目标，便接近了理想；我相信，靠近了峰顶，也就是靠近了太阳。

小鸭戏水

"哇！好凉快啊！"小鸭们在快乐地戏水。

小鸟从空中飞过对小鸭们说："你们好！"

小鸭说："小鸟小鸟你也好！快来一起戏水吧！"

小鸟笑着说："不行不行！我们只能在天上飞，玩水会被淹死的。"

这个夏天，小鸭们玩水玩得多快活啊！

雪与树

雪花，轻舞飞扬，一片一片，穿越云海的叠嶂。

穿越时空。

皑皑的洁净里，雪花互相追逐的喜悦，凝结成一树的晶莹。

渔舟唱晚

一抹斜阳，氤氲了满脸的红光。

湄边，圆晕，被斜打了正着。船上人家被烟笼着，羞涩地拉开了夜的帷幕。

水是翠汪汪的一潭，船就是那一点墨，像是小小的发夹别在女子秀美的发梢上。

站　台

一点感伤、一丝喜悦、一份苦楚、一点甜蜜、一方等待、一缕寂寞……

终于，在经过了漫长的煎熬后，那样一个站台，出现在我的眼前……

千万次地告诉心底的那个自己，那只是一个站台，一个不是终点也不是起点的中转站。

有人会从这里离开，也有人从这里回来……

泖 口

如果水月湾是本书，泖口便是这书的封面。青砖黛瓦，石板老街，烟雨蒙蒙，水色蜿蜒不绝。随意掀开一页，扑面而来的是迷蒙的江南水汽，温温润润的，处处都浸染着江南的秀气。

泖口是一个光阴的守门人，会把狂疾奔去的时光一把抓住，轻轻拧一拧，让它变得柔柔的、缓缓的。

在水月台，看看风景喝喝茶，聊一聊久远人生。这里没有四季，每一日都是闲逸静默的。

晨光熹微，或是暮色暖暖，日月池绽放的荷花，翠竹美好的记忆……

三鱼堂寂静里跃动的心跳，巡盐埠一段又一段的往事，在尔安书院光阴废墟里，似旧日云烟燃为灰烬。

轻轻滑进那绿色的童梦

童　年

　　轻轻滑进那绿色的童梦，是谁悄悄地敞开心扉，飘逸着花朵的芬芳？我的童年，在故乡泖口袅袅的炊烟里成长；在浓浓的乡音里健壮；在仁爱的辽阔里飞驰。遥远的童话，蓝色的床单上被风轻轻挂起，少女的纯洁孕育着秘密和生机，稚嫩的心灵渴望为幽暗的夜空缀满神秘的光环。爱心童梦，圣洁与美丽，沐浴着我的身心、浸润着我的骨髓，铸就我生命的每一个细胞、每一寸肌肤。晨曦里，我无法说出的爱，被你晶莹地说出。一颗鲜红的童年爱心，蕴积成精神的支柱，灿烂成母亲心中的太阳，梦想献给世界光和热。

西　瓜

　　童年的很多记忆都是难以忘怀的，尤其是那些与自己一起长大、有着共同成长岁月的童年伙伴，他们仿佛并没有随着时间长大，而是停留在一个地方，时刻等待我们回到人生的起点处。女孩的心往往更敏感，大都藏着很多小秘密。这些秘密美丽又细小。那个穿着紫色外套的邻家姐姐曾告诉我，西瓜的种子可以在女孩子的体内发芽、生长……我不相信，但又不敢吞下那些细小光滑的瓜籽。整个夏天，我们有过小小的忐忑不安，但最终还是释怀，因为想象中的事情并没有发生。然后，我们认真地把西瓜籽播种在门前的地里，揣着天空一样大的期待在乡村坚实的土地上快乐或忧伤地生长。那些种子虽然也会发芽，长叶，开花，但它们的果实小小的很难长大。那些长不大的果实饱满地活在人的记忆中连同那些单纯。

好伙伴

曾经是你牵着我的手走在乡间的小路上，看天空澄净的蓝色与雪白的游云悄悄飘荡的身影。我任性地要求你跨过大水沟，帮我采摘碧绿的大甜瓜。你反复用眼睛度量着沟渠的距离，犹豫着，沟的两边真的相距很远，而你那时只有八岁。我开始无理地哭泣……你松开紧拽着我的手，做了一个预备的动作，然后一跃而起……当你浑身湿透地站在沟渠的底部，我紧张得停止了哭泣，你踮起身子伸开小小的手指努力够着那只碧绿的甜瓜，这个动作永远暂停在我的记忆中。我不敢接你手中的瓜，你跟在我后面一直到家。那时候，我什么都不懂，只知道你比我大，我管你叫小哥哥。

手拉手

乡村的傍晚，炊烟四起像母亲的手，夕阳润红了柴垛还有村子前的那一片竹林。村里的孩童聚集在打谷场上，做着各种游戏。男孩子们手抓香烟壳暴着额头的青筋扯着嗓子比大小。女孩子们手拉手，边转圈边唱着："淘米烧夜饭，烧好夜饭吃夜饭，吃好夜饭《毛主席语录》翻开来……"开心的笑声令躲在大树背后偷看的女孩也忍不住笑起来。她不会说话但耳朵特别灵。她的笑声清脆甜美，我们扭头看她时她正睁着水汪汪的眼睛看我们。于是，我们拉起她的手来到队伍里继续唱。幼时的友谊是健康的，因为它可以轻易接纳弱小和残缺。

蓝色的玻璃大花瓶

久不在家，家里的一切都透出一种亲情。妈妈厨房里的瓶瓶罐罐虽积着厚厚的油垢，到底感觉不到陌生。闲时，摆摆这个、弄弄那个。各个房里的陈设都同样熟悉。桌上有一对高高大大的花瓶，常叫我想起已逝去却永恒的童年。

这是一对蓝色的玻璃大花瓶。长身，圆肚，莲花口。从记事起的童年里，我没见到过什么花在瓶中艳放。瓶肚总被塞得满满的，是妈妈的家珍。两个瓶各有分工：一个里面放各种颜色的纸包、小孩的纸鞋样；另一个则装着各样的谷物碎粒。

趁妈妈不在家的时候，我爬上放置花瓶的大木柜，小心握住花瓶的脖子，倒出那些家珍：胡麻籽、油菜籽、车前籽、豌豆粒、小麦粒，有时还有一枚硬币。那些五彩的纸包在妈妈手里，是过年过节才打开的，点染我难忘的童年。

猫

人与物的感情是很奇妙的，你对它好，它同样也会回报你的好。小时候养过一只白猫，是只自己走到我家的流浪猫。来到我家时，它浑身沾满泥水憔悴疲惫，用哀求的眼光看人，还不停地惨叫，我先心软，然后哀求母亲，母亲说，白猫养着都白养，少抓老鼠的。最后，在我的再三哀求下它终于留下了，洗完澡，它的毛雪白又蓬松漂亮极了。白天，它蜷蹲在墙角，眯眼晒阳光，想会儿心事；晚上，它没有应验母亲的猜想，每晚都大获全胜。它喜欢温顺地靠在我的脚边，柔软地叫唤……后来，它莫名地失踪，我心里难过了好一阵。长大后才明白：世间的很多事情都很难探个明白，来去都是缘。

郊 游

乡村的学堂走来手牵手的一群孩子，他们在满目的金黄里跳跃，像一串音符奏响乡间小道的秋天之歌。每一个孩子的心中都装着一件大事情：去郊游！村东的荒野，青草肆意地生长，间或一堆悠闲的狗尾草，黄花抹着粉嘟嘟的胭脂。一双双朴素的布鞋踏歪蟋蟀鸣唱的家。我们围坐在一起玩游戏说理想。还唱响一支叫作《童年》的歌，甜美的歌声插上翅膀飞上晴朗的天。我们采撷平凡的狗尾草，把它编织成绿色的环，间或插上一朵淡蓝的马兰。一群飞舞的红蜻蜓从我们的身边轻轻飞过，飞过清幽的村东小河；飞过密密的芦苇丛；飞过美好的童年时光。

给花浇水

喜欢养花种草的人或多或少总会有些花草的习性。性情率真、崇尚自然。小时候，老家有个很小的院子，父亲在里面种了花草，像对孩子一样地照顾它们。那时，对父爱的体会是间接来自这些花草的，他认真呵护花草的行为成为我心中的一种评判。后来，我也喜欢在这个小院里种些花草，都是些极普通又好养活的品种。养起来随意，不用特别精心地照料，甚至一段时间不理睬都可以存活。物与人、人与人的相处都需要这样一份浑然天成的自然。如此才没有负担，平淡而长久。

宠 物

安妮宝贝曾经养过一条白色的小狗，但最终她还是爱到逃离了。她说："太深刻的感情，只能让人选择逃离。甚至没有勇气去承担分别。"一个内心真正成熟的人，应该对人世间的一切无常都有所担当，即使是死别那样的事情。内心极其敏感的人，对物的感情往往会联结到人，所以这些人内心都是非常脆弱的。因为脆弱就更需要锻炼一份敢于面对的勇气。选择逃离其实是选择自我逃避的一种倾向，年轻的时候是可以被原谅的。但是，最终我们会发现没有什么事情是可以用逃离来解决的。唯一的办法就是面对。只有一次又一次地面对，人才能成熟坚强起来。

洗 脚

有一种植物能够治疗扭伤，但是我叫不出它的名字。它的颜色深绿，生命力也旺盛。有一次我不小心扭伤了脚踝，又痛又肿，母亲去很远的地方割来这种植物煮成汁水给我洗脚。碧绿的水浸着红肿的脚踝有种暖洋洋的感觉，我仿佛能够听到骨骼呼吸的声音。母亲不停地用手抚摩着我的脚，还嘱咐我以后要小心。她的眼睛有种淡淡的怨意但动作里的温柔却异常分明。我什么话也没有说，只感觉到心被某种东西装满，有种无法言说的快乐。连着一个星期，母亲都要跑很远的路去寻找这种植物，然后煮成汁水为我疗伤。渐渐地，红肿退了，脚又慢慢恢复了，母亲说用这种植物疗的伤不会复发。果然，到现在都20多年了，都没有复发过。我知道，草药之所以有效是因为糅进了亲人的爱。

捉迷藏

村东的晒谷场是我们儿时的乐园，有多少欢笑眼泪已经结成天边的云朵飞向远方。那时的时光都在游戏中打发，记得玩得最多的是捉迷藏。一个被蒙着眼睛抓，其余的笑着四处逃窜。蒙眼睛的布是一块薄薄的手绢，透过缝隙可以隐约看见人影绰绰，也就很容易抓到。通常被抓到的那个就得为大家表演节目，乡村的孩子知识贫乏，所以也就只能学猫狗叫了。但这些都不要紧，最重要的是在与同龄孩童相处中学会了宽容与理解。很多次，因为一点小事就与这个游戏团体有了距离，选择离开，但最后还是忍受不了一个人的孤单。渐渐长大后才明白，人生需要游戏的状态，需要很多形式来缓解孤单。

夏的乐章

乡村的孩童对于生长在地里的瓜果常常会有一种特殊的感情，这种感情单纯又简单，所以，也更经得起回忆。南方的春天，油菜花金黄地绽开，紫云英谦卑地舞蹈，那一片攀爬得起劲又热闹的就是江南的西瓜。它们安静地生长，开花，结出甜美坚硬的果实。温暖的阳光、滋润的雨水还有那些柔软的风给了它肆意膨胀的力量。你看，在浓浓的绿色中，它们有的露出害羞的小脸；有的躲在瓜叶下睡大觉；有的则袒胸露乳毫无顾忌地躺在瓜叶上。每一种姿态都能打动你的心，让你浮想联翩。鸣蝉翻开夏的乐章，嘹亮的歌声催熟满地的西瓜。于是，瓜农们拿了剪刀、挑了箩筐，怀着喜悦的心情忙碌于绿色的波浪中。孩子们则坐在田头的草地里，捧着父辈的大手敲开的红瓤，大口大口地品尝。

对　弈

相对于现在的孩童来说，我的童年还是比较轻松和自由的。虽然缺少玩具和零食，但是生长在农村使我与土地有了更亲近的接触。乡村的大地上有的是天然的玩具：小麦秆能吹响；细小油竹秤可以做成玩具小枪；更简单的是，用树枝在地上画好格子，捡黑白两种颜色的石子当棋子，在村东的老榆树下摆开阵势。不知道为什么，对弈时总是希望自己能够赢，赢了就感觉好像赢得了整个天下。其实不然。在成败中浮沉过，逐渐懂得了人生有赢就有输，做人既要赢得起也要输得起。输赢只是一种表象，隐藏背后的是一个人的内心世界。所以对弈的最高境界应该是没有输赢的。

衣　服

　　女孩子总是希望自己有好看的衣服，倒不全是因为虚荣心，只是女孩子对美的需求更强烈一些。年轻的时候，穿衣服喜欢跟风，流行什么就买什么，也不管是否适合自己。那都是不了解自己的缘故。大一些后，渐渐有了自己的想法，穿衣也便有了自己的个性。好的衣服不在于牌子与价格，而在于真正适合自己。小的时候，家里比较穷，邻居大婶会把她家女孩穿剩的衣服送我，我自然欢天喜地地接受。有一次与那女孩闹矛盾，她竟当着很多人的面说我穿的衣服是她穿剩的，还要我脱了还给她。幼小的我伤心极了，眼泪"哗哗"地流。后来，再怎样都不愿意接受别人穿剩的衣服了，情愿穿着自己的破衣服。长大后渐渐明白，不妥当的赠送是一种伤害。

写日记

　　每个人的成长中都会有很多快乐或者忧伤，男孩子喜欢找人倾诉；女孩子喜欢把它们写进日记里，因为人是很不可靠的。小学时，有过几个要好的女生朋友，但是渐渐发现，她们只能分享快乐却无法分担忧愁。你揣了很久的忧伤，她们会很快传出去，成为大家口中传说的耻辱。于是，决定把心事都写进日记本里。每一页日记都记载着自己曾经历的真实心情、激情、平淡、美丽、痛苦……日记本成了自己唯一忠诚的朋友，它不会言语，不会背叛。很多人在日记本里来了又去，很多事发生了又慢慢变淡。回首前尘，仿佛只留下这日记本。

池　塘

　　夏天的晒谷场上总是很热闹。老人们摇着蒲扇，吸着旱烟管，讲着那些陈年往事。在他们花白的胡子里，我们认识了北斗星、银河……记住了牛郎织女的传说。晒谷场的东南面有一个池塘，四周长着厚厚的东洋草，池塘里种了些藕。夏天的傍晚，我们拿着小小的药瓶，在池塘边的东洋草里细心地寻找萤火虫，那些一亮一灭的光照亮了童年的美好时光。莲花静谧地挺立在池塘里，有的侧耳聆听孩子们的笑声；有的掩腮冥想着美丽的心事；有的包裹了花裙在夏日的晚风中轻轻舞蹈。欣赏莲花的美是长大后在书上看到的"出淤泥而不染"。后来有一次，在庙宇里看到菩萨坐在莲花上，忽然悟到：我辈非得在淤泥里滚爬才能悟得生活之道。对于生活中的缺憾不如意从此释怀，和平共处。

瓜 灯

生活在江南农村的孩子对田里的西瓜大都有种特殊的感情。那种感情隐约有点诗意。小时，瓜成熟季节常常看到瓜农们把床搭在田头，看瓜呢。我常常想，睡在那个纱帐子里，眼望天空、耳听虫鸣，与整个自然融为一体那是多么痛快的事情啊。曾经，我们和村上大点的男孩子结伴去偷瓜，那种场面真是惊心动魄，至今还记忆犹新。瓜农的鼾声也吓不走我们，我们很多时候都是成功的，也有少数失败的，免不得一顿骂。偷来西瓜，大点的男孩子拿小刀轻轻切下一个瓜盖，把瓜瓤全部掏出来，我们津津有味地吃瓜瓤。吃饱了就看大孩子做瓜灯，只见他们把瓜皮掏得很薄很薄，然后拿一个小小的蜡烛头点在底部，再在瓜皮上刻下吉祥的字，在村东的小河放瓜灯。那是童年时代唯一的一次与瓜灯有关的记忆。

表 演

我总觉得有一个无形的东西跟随着我们，随时装载下曾经经历过的一切，然后我们称它为记忆。小学时，我们班要在全乡开班队观摩课，老师让我与另外一个漂亮女生表演《瞧新貌》。那女孩子扮演我的女儿，扎着两个麻花辫，上面还有两个红红的蝴蝶结。我自然就演她老爸了，嘴唇上粘着白棉花，还戴上了雷锋帽。要知道那帽子可是班里一成绩落后的男生的爷爷戴的。听到那些男生说我戴上帽子的傻劲，我心里真不是滋味，但是从大局考虑我还是出色地完成了任务。班会结束后，我趴在座位上大哭，老师不了解情况还对照优秀班干部的表现狠狠批了我一顿。听到一半，我就冲进了雨帘，回到家已经浑身湿透了。现在看来，人太在意别人的看法，不管在生命的哪个时期内心都是不够自由的。

放鞭炮

小时候，对节日总是特别期盼，因为节日里总会有一些美味可以吃，比如清明的团子、中秋的月饼、冬至的赤豆饭。而孩子们最盼望的莫过于过年了，过年的时候，可以吃丰盛的年夜饭；可以在大年初一穿上漂亮的新衣服去亲戚家拜年；可以有一叠崭新的压岁钱。大年夜，孩子们总是要和大人一起守岁，大人打牌消磨时间，孩子也打牌消磨时间。新年的钟声一敲响，大人们放大鞭炮，小孩就把早早拴好的一长串小鞭炮提出来，请大人帮忙点燃，在噼里啪啦的声响里捂着耳朵等待"年"这个怪兽逃走。人大了，年味也淡了许多，再和孩子们一起点燃鞭炮的时候，我总想起《红楼梦》里元春的灯谜。鞭炮对人生也是一种寓意，它有绚丽的色彩，却非常短暂。所以，过好平常的日子，把自己当下的每一天当成最后一天来过，也许还可以让人生增添一些温暖。

刷　墙

幼儿园的时候，教我们唱歌的是一位年轻的阿姨，梳着两条黑黑的麻花辫。我学会的第一首儿歌是《粉刷匠》，里面唱到一个刷墙的孩子要把新房子刷干净，最后竟然把自己的小鼻子也刷成了白色。唱到最后一句我们总会哈哈大笑。做了母亲以后，我教孩子学唱的第一首儿歌竟然也是这一首，孩子也一样会大笑。不知道在那么多的儿歌里面，自己为什么要选择这首最先教给孩子。手中的小刷子是多么神奇，它可以把新房子刷得五彩缤纷，不管墙上曾经有些怎样的污点，最后都会没有。可是，那些心灵上的创伤、那些深藏的疤痕要怎样才能抹掉？特别是童年的一些痛苦甚至耻辱的记忆，它们会顽固地跟随你很久。我想，人必须勇敢地去面对它们，揭开真相，然后坚决地用时间的刷子狠狠地刷去。只有干净的心灵才能装进美好与爱。

跳 绳

对于跳绳，只是童年的回忆。小时候，很佩服那些跳绳很出色的女同学。她们可以跳双人绳、交叉绳，出神入化。知道跳绳对身体好，但我就是不行，我跳绳的技术太差劲了。记得有一次女同学邀我跳绳，我硬着头皮试了几下，绳子在手中就是不听话，笨拙的动作引得女同学们笑得前俯后仰。不会跳绳，给女同学记数的任务就落在了我的身上，这一点难不倒我，几个女同学同时开始跳绳，我都能数得一个不差。因此，我在班里深得女同学的喜欢，心里着实是那个美呀。现在长大成人了，跳绳成了心中的一种奢望，几次想在忙里偷闲尝试跳几下，却始终不能如愿。

打篮球

春天的阳光携着野草的芳香弥漫了整个操场。上完课，男生们像兔子似的一蹦一跳地来到操场上打篮球，几个女生则斜倚着单杠闲聊。这是我初中学生时代的一个场景。不知不觉，即将踏入而立的征程，总感觉自己还没有长大，还有许多潜在的、少年时代不曾做完的梦要继续做下去。看到原先那些跟在自己身后疯玩的孩子们如今已是风流倜傥的青年时，才发觉自己已不再年轻！回想自己走过的二十几个风雨历程，感慨万千。人活一世，我们总要遇到很多风雨，跨越许多困难。在坎坷面前，保持一种乐观向上的精神和良好的心态是至关重要的。面对一个小小的圆圆的篮球，的确可以感悟到很多东西。因一种爱好，而有一个好的心态，去迎接生命历程中的阴晴圆缺，不论是悲伤还是欢喜，我们都一如初升的朝阳，洒满阳光。

寝　室

由于我学习成绩好，父亲托人把我送进了县四中读初中。学校在镇上，离家里比较远，我就选择了住校学习。学校寝室在教室后面，东面是男寝室，西面是女寝室。男寝室布置比较简单，一顶纱蚊帐，夏天草席加被单，冬天两棉被，一个垫下，一个盖上。女寝室就不同了，除了男同学的布置以外，还多多少少要加上盆花、布艺挂件、洋娃娃等装饰物，整个寝室显得舒适温馨。男同学一般是不准到女寝室里去玩的，但是，我班里就有那么几个胆大的男同学，在老师的眼皮底下偷偷地来到女寝室串门，真是放肆呀！

写　生

最喜欢上的课是写生课，因为我是一个爱画画的孩子。记得读幼儿园的时候，就经常吵着父亲买画笔和颜料。在白纸上满世界地乱画，日月星辰、小动物和花花草草被我画得生动又活泼。老师看我画得好，经常在全班同学和父母亲的面前表扬我，老师表扬多了，我画画的劲头就更大了，家里的白墙壁便成了我思维野马奔驰的地方。小学时读到课文《神笔马良》，我就更加坚定了自己热爱画画的信心。然而好景不长，高中时沉重的书包很快击垮了我当画家的伟大理想。现在每当下班回家，在河边看到夕阳下架起画板画画的学生，我总忍不住静静地站立一会儿，心中默默地祝福他们：健康、快乐、幸福。

垂　钓

扔下烦恼，拾起鱼竿，用心去体味垂钓的生活，用心去垂钓人生。享受垂钓过程时，你也许感到难耐的寂寞和平淡，可垂钓过程的本身就是在磨炼意志，淬炼性格。望着宽阔的水面，隐藏的思绪不再蜷缩，消散的愁思不再忧悒……在漫长的等待中内心变得十分温柔，特别是鱼漂下沉的一瞬间，身心内外造成一种高度紧张的氛围，丝毫不敢贻误时间，仿佛稍一迟疑鱼儿就溜了似的。是啊，你只有在垂钓中才能感到这种神秘的斗智、快活的引诱，才会感到生命的价值。一切都不带有幻想的色彩，心灵也不再含有任何杂质。享受垂钓的整个过程，灵魂仿佛得到净化和过滤，心灵变得更加纯粹和无私。垂钓时孤独、浮躁的心便会悠闲自得。孤独时垂钓，空寂的心便会得以复活。

三人行

三个人一起走路，其中必有值得我学习的老师。选择他们的优点加以学习；对他们的缺点，参照自己的情况加以改正。这表达了一种极为谦虚的学习态度。不管什么人，只要他有一技之长、一得之见，我们就应该向他学习，对于别人的缺点和错误也要引以为戒，不要重犯。三人行必有我师。如此，天涯何处无老师？真正好学的人是不拘于专门固定的老师的，随处都可以请教学习。从另一方面说，"择其善者而从之，其不善者而改之"。也就是《里仁》篇里所说的"见贤思齐焉，见不贤而内自省也"。老师的优点固然值得我们学习，老师的缺点也可以成为我们的借鉴，关键是不要盲目崇拜。当然，说是这么说，事实上，老师在我们的眼中多少有些理想化的色彩，有的还环绕着神圣的光晕，使我们难以分辨哪是他们的优点，哪是他们的缺点。所以也就只好近朱者赤，近墨者黑。

悠悠母校情

开篇：起风

起风。

风起了……

历史厚重的书一页页地翻动着，一眨眼，就从沧海翻到了桑田。

岁月如歌，在人生的旅途中，无论你走到哪里、无论时间过了多久，在心中，依然会时时记起自己的母校。那是自己学习知识、追求理想、确定人生目标的地方。那份情、那份意，让人久久不能忘怀。

我的母校——新埭中学，它坐落在新埭镇西首陈家埭，原名平湖四中，俗称"西学堂"。

斑驳的记忆中，学校门前是一条碧波荡漾的市河，河流从学校门口一直向东而去，最终汇入宽阔的上海塘。

学校门口沿河的路高低不平，伸向远方辽阔的田野。而当我踏进学校的那一刻起，都被她的幽静和美丽深深吸引，流连忘返。

场景：校园的早晨

20 世纪 80 年代。

某一天，天刚刚亮，大地从睡梦中醒来。

新埭中学整个校园浸泡在乳白色的晨雾中，朦朦胧胧。

校园的早晨是恬静的。环绕着教室的水泥路上一尘不染。教学楼间的绿化带上，静静地站立着许多花和树，有月季花、菊花、香樟树、雪松等。树上栖息着好多小鸟，发出轻轻的叫声，好像在跟同伴说着悄悄话。

太阳从东方冉冉升起，把金色的光辉柔和地倾泻在花儿上、树木上、屋顶上……这时，同学们陆续来到学校，花儿向他们微笑，绿树向他们招手。新的一天开始了。

校园的早晨是热闹的。沉睡的校园被同学们的笑声唤醒了。各教室前的空地上，到处是同学们活泼的身影，有踢毽子的、有跳长绳的、有打乒乓球的。最引人注目的就是吸引无数女同学的跳牛皮筋了，只见跳牛皮筋的同学像魔术师一样不时变幻着花样，整个学校成了一片欢乐的海洋。

学校的早晨是紧张的。办公室里老师正在忙着批改作业；教室里同学们正忙着早读；操场上同学们正忙着练球；包干区上值日生正忙着扫地；校门口值岗员正忙着检查……他们都加快了学习的节奏。

那读书的琅琅声，批作业的"沙沙"声，操场上打球的"啪啪"声……交织成一支欢快和谐的交响乐。

校园的早晨是美丽的！

人物：韩老师

韩婉云老师是我的初中老师，也是我的班主任。韩老师教数学，从初一一直跟班到初三。

记得初一的时候我是班干部，在班上，我的成绩一直不错，每一次考试总是名列前茅，小小的内心忽然有了点儿骄傲自满。也正应了"谦虚使人进步，骄傲使人落后"这句话，在一次摸底考试中，我的成绩一落千丈，内心一下子跌到了谷底，看着同学们拿到卷子后的喜悦，我的泪水不听使唤，禁不住夺眶而出，但又怕别人看到，擦干眼泪，强忍着。

迷茫中我抬起头，只见班主任韩老师和蔼地看着我，好像在说："别灰心，失败乃成功之母，振作起来，迎接美好的明天"。顿时，笼罩在我心头的乌云便一扫而空。

韩老师住在新埭镇老街上，她家离学校很近。一有空闲时间，韩老师就来到学校教我们唱歌。那时候，《南屏晚钟》《外婆的澎湖湾》等歌曲刚刚流行，韩老师就把谱子抄在黑板上，然后，她打开双卡收录机一遍一遍地教大家跟着反复唱，受到了同学们的喜爱，大家劲头十足。后来，校园民谣音乐开始流行，韩老师第一时间推荐给同学们。我最先学会的是老狼唱的《睡在我上铺的兄弟》。韩老师还教我们《黄河大合唱》，参加校园各类演出，该节目由于气势大、效果好，连连获奖。

韩老师教书教得好，加上同学们也很努力，我们班每次在全县期末统考中均获得了优异成绩。因此，在我们初三那一年，韩老师被评为了全国优秀教师，我也获得了"优秀学生干部"的荣誉称号，新堽中学名声从此大振。

人物：郑老师

郑老师名叫郑冠炼。

郑老师没有教过我，他的二女儿郑洁和我是同班同学，因为这一层关系，读初中时我和郑老师就比较熟。

郑老师喜欢打太极拳、太极剑。一清早，我就看见郑老师穿着赏心悦目的运动服在校园里运动开了，郑老师打的是陈氏太极拳，一招一式，动作娴熟、气势威严。

我班的女同学顾秀芳喜欢健身运动，要跟郑老师学舞剑，郑老师一口答应。顾秀芳跟着郑老师锻炼了一阵子，精气神果然非同一般，同学们都非常羡慕。

郑老师写得一手好字，喜欢书法的我经常一有空就去向郑老师请教。郑老师总是不厌其烦地拿来宣纸和毛笔，手把手地教我写，并一直鼓励我坚持写，后来由于种种原因，我学习书法半途而废了。

高中时，郑老师所教的班级成立扬帆文学社，文学社的主要成员有顾补荣、顾永华、杜丽华等同学，郑老师出任指导老师。由于我也爱好文学，文学社举办的一些写作活动，郑老师每次都带我参加。活动很简单，有诗朗诵、现场采访、主题征文等，几次下来，我的写作水平明显提高，收获不小。

记得有一次，郑老师带着我们去新堽老街采风，实地踏看镇上的每一处古迹。青石板铺成的老街古色古香，太平桥和青云桥的石缝里长出了青翠的绿色，同学们细细观察，刹那间，大家仿佛看到了时间的呼吸；听到了历史的回声。在暖暖的阳光下感受这古镇犹如江南女子般的温柔，那是一件多么令人惬意的事情。

不知不觉，大半天时间就这样度过了。

回到学校，郑老师提议由顾同学主笔，写一篇三五千字的调查报告，投稿《嘉兴日报》，同学们热烈响应。不到一个星期，投稿的文章居然发表了，报社编辑汇来了稿费，还给郑老师回了一封鼓励和表扬同学们的信。

第二天，郑老师笑容满面，拿着信一字一句地在课堂上念给同学们听，念完后，给每一位同学发一本精美的日记本，以此纪念。

场景：大礼堂

大礼堂在学校门口食堂的北面，面积较大。我们读书的时候，大礼堂是专门用来做饭厅的。中午开饭时间还没到，就有猴急的同学拿着饭盆在那里排队等候买饭。我是个懒惰的人，经常不愿排长长的队伍，就托同学代买。因此，买不上饭是经常的事，一直要等到第二锅烧好了才能吃上饭。

我们男同学饭量大，每顿饭吃七两：一个半斤的大勺子，再加上一个二两的小勺子。女同学饭量小，一般二到三两，吃四两的基本上是校体训队的。顾同学人小，但每次买饭的时候七两还不够，干脆两个半斤。

打饭的是老郁和小钱师傅，性格很温和。有些同学就干脆不排队直接去打饭，老郁和小钱师傅也打给他们。那后面排队的同学就不干了，呼啦啦一下全涌了上来，木质的饭桶经不住一阵挤动，顿时翻倒在地上，饭被倒了一地，瘦小的同学被挤在米饭上，满头满脸都是饭，一副狼狈相。

有一次，第四节课是自修课，我肚子饿得实在受不了，也学着胆大的同学拿着饭盆一溜烟地去大礼堂排队买饭，谁知无巧不成书，刚踏进大礼堂的门，正好被值日的班主任韩老师给逮住了，结果是下午遭到韩老师一顿狠狠的批评。

大礼堂还有一个用处是，遇到下雨天体育课就在那里上。于是，一些女同学就开始盼望天下雨，这样，体育课就不用到操场上去暴晒了。

人物：翁老师

翁文松是我的高中语文老师，微胖，满脸的微笑，同学们都很喜欢他。

翁老师的教学认真、细致，他把每节课安排得恰到好处，每篇课文他都讲得十分详细，生怕我们不理解。他从不会让我们抄抄写写，他说语文要靠理解，光抄是没用的。虽然他的笔记有时很多，以至于把书都挤满，然而考试上同学们都能将这些笔记给派上用场。

只要有时间，翁老师便会给我们讲一些有关语文的趣闻、笑话、故事，使我们感受到了学习语文的无穷乐趣……

我的语文功底不扎实，最头疼的是写作文，翁老师布置的日记作业我都写片言只语来应付。翁老师不但不批评我，还挑了几句好句子在早自修上作为范文朗诵给同学们听。这招还真管用，一下子激发起了我写作的热情，同时，让我重新树立起了写作的信心，并且一写而不可收。

临毕业了，翁老师看我喜欢文学，把我叫到办公室，他拿出一本收录他文章的散文集《金色的草地》送给我，还在书的扉页上写着"脚踏实地，前途无量——与卫其同学共勉"几个大字，鼓励我坚持文学创作。

可以这样说，翁老师的鼓励深深地影响了我，是他让我喜欢上了写作，爱上了写作，并走上了文学的道路。

毕业后没几年，我就应聘到了报社工作。有一年我担任报社副刊部主任，在街上偶然碰到翁老师，闲谈中知道他已经退休多年。

我问："翁老师，您还写稿吗？我向您约稿，等差不多时间我来帮您出本书。"

翁老师谦虚地说："难得写一点，写得不多，还不够好，假如有好的，我发给你，等有机会我再出书。"

一晃就是几年，翁老师始终没有发给我他的稿子。我知道，这是翁老师不想给我这学生出难题，他要把更多的版面留给年轻人。

2006 年 11 月 21 日，由于医疗事故，翁老师永远地离开了人世。我是后来才知道的。

我简直不敢相信这是真的，我的眼泪止不住地往下流。一连几天，我精神恍惚，我对不住翁老师，我没能给翁老师发稿，没能给翁老师出书。

为了实现我对翁老师的承诺，也为了却翁老师生前的心愿，我和翁老师的女儿翁兰曼取得了联系，两个人具体分工，翁兰曼收集整理稿子，我负责编辑，翁老师的《白莲飘幽香》终于在 2008 年的年末正式出版。

场景：大操场

大操场很大，长方形东西向，整一圈是 400 米标准跑道，南边是 100 米跑道，跑道上铺着细细的煤渣。

大操场的中间是草坪，寒暑假草坪疯长各种杂草，于是开学第一天，生活老师就带领同学们割草。一般情况下，女生负责割草，男生负责把割下来的杂草清运到垃圾箱。也有调皮的同学在旁边说笑，真的是男女搭配，干活不累。

每天清晨天还没亮，我就早早地起床，简单地洗漱之后，开始了一天的晨练。先慢跑三圈，再做一百个引体向上或者俯卧撑。差不多这时候，体育老师俞阿平准时出现在大操场上，开始教我举重和铅球。半小时之后，运动进行曲响起，同学们从教室里出来，集体做第六套广播体操。

我体育好，俞老师把我选进了体训队。大操场就成了我强身健体的地方。每次早训练结束，俞老师开小灶，帮我到教师食堂买上两个大馒头。我一边走一边啃，心里美美的。

毕业前夕是最浪漫的季节。每天傍晚，同学们三五成群，不分男女聚集在大操场上，有的促膝聊天；有的手拉手轻轻地唱着歌，金色的夕阳慢慢落下，同学们沉浸在一片欢乐的气氛里，一直到星星点起了诗意的灯盏。

人物：许老师

许明观老师没有教过我，但他是教导处主任，我偶尔也会注意到他。他那时年轻，留着一小撮胡子，很有书生味道。

许老师教学实践经验丰富，有相当深厚的教育理论知识，熟练掌握教学、教育工作的基本规律，具有相当强的组织管理和观察分析教学、教育工作的能力。他在老教师当中有相当好的口碑。

金杯银杯不如老教师的口碑，年轻的许老师声名鹊起。

许老师事业心、责任心强，教育思想端正，有创新精神。许老师平时话不多，但他工作方法深入灵活，道德品质、思想作风、群众关系好，在全校师生中有一定威信。

许老师是翁老师的学生，名师出高徒，许老师写得一手好文章，字也写得好。

记得有一次，我和同学路过教师宿舍，看见许老师的房门开着，里面的墙上挂着许老师自己写的一幅字：逸野。字迹清秀亮丽，我们一下子被他的字吸引，于是停下了脚步，偷偷地多瞄了几眼，至今印象深刻。

楼梯口停着几辆自行车，一眼望过去最亮的是许老师的。许老师每天把心爱的自行车擦得干干净净，一尘不染。许老师是个注重细节的人，他把每一件事都做到极致，以礼待人，这让同学们都很敬重他。

许老师对历史和国学很有研究，每次同学们碰到历史上的问题，都去许老师办公室请教。许老师思维敏捷、逻辑严密，滔滔不绝，讲得深邃透彻，让同学们听得津津有味，久久不愿离去。

结语：穿越

60年就像一条河流，有激流也有缓流，像一幅画，有冷色也有暖色；60年是一首歌，有低音也有高音，是一部史诗，有痛苦也有欢乐。

60年，似长，亦短！

60年像苦茗需要慢慢品尝，每一个埭中人时刻将校训铭记在心：明德启智，静思致远。

60年，积淀是一笔丰厚的财富；60年，智慧是一道亮丽的风景；60年，奋斗是永远不变的历史。

穿越60年，历史是岁月的洗礼；穿越60年，刻下的是努力开拓；穿越60年，留下的是硕果累累。

哦，我的母校——新埭中学，你将永远朝气蓬勃，蒸蒸日上！

细雨中赏樱花

一个多月的禁足，让我有了出去走走的想法，出不了远门，那就去钟埭樱花小镇吧。

说走就走的旅行，心中自然有一种愉悦，尽管天空下着蒙蒙的细雨，还是欣然前往。

钟埭，据《嘉兴县志》记载，相传公元907年至960年有钟姓氏族定居于此，故名。钟埭又名"钟溪"，宋、元、明、清时期有许多达官显贵来"钟溪"幽居，清朝嘉庆年间沈步清著有《钟溪棹歌》一书，流传于世。钟埭樱花小镇，是近年来美丽乡村建设结出的一颗硕果。

我家住新埭，离钟埭樱花小镇不远，十公里左右的路程。开着车，脚下油门一踩，一松，又一踩，不到15分钟，钟埭樱花小镇就展现在我的面前。

放眼望去，道路两旁齐整的樱花像迎接首长的仪仗队，英姿飒爽，傲然挺立，自带一股傲气。清风拂来，满树的樱花随风飞舞，似舞女、似跳跃的精灵，宛如一场盛宴。

细雨中的樱花，或浅白、或绯红，或是熙熙攘攘开满一树，或是三三两两耳鬓厮磨、窃窃私语，都是那样令人痴醉，不能移目。

雨丝这么轻柔地落下，似有若无，那枝头绽开的樱花不时撒落一片又一片樱花花瓣。它那淡淡粉粉的花朵，那么娇柔，怎么能经得起这春雨的飘洒。

樱花的美，在于它恰如其分的淡雅。

以前我只知道樱花在日本很出名，每到春天，它们"掩映重叠，争妍斗艳"，虽则花期只有短暂的十日，但日本人观花却必然倾城出动，"举国若狂"。

日本文人从美而易落的樱花里感到人生的短暂，武士们就联想到捐躯的壮烈。至于一般人民，他们喜欢樱花，是因为它在凄厉的冬天之后，首先给人民带来了兴奋喜乐的春天的消息。

日本是"樱花之国"，日本人把樱花作为国花，因为它是爱情与希望的象征。相传在很久以前，日本有位名叫"木花开耶姬"（意为樱花）的仙女。有一年11月，仙女从冲绳出发，途经九州、关西、关东等地，在第二年5月到达北海道。沿途，她将一种象征爱情与希望的花朵撒遍每一个角落。为了纪念这位仙女，当地人将这种花命名为"樱花"。

钟埭樱花小镇樱花公园里的长风塔、凌樱阁临时关闭，不对外开放，整个樱花公园游人寥寥无几，显得空空落落。不能登塔望远，临阁作吟，但这并不影响我细雨中观赏樱花的兴趣。

我沿着一条大理石板铺成的小路向前走，穿过风铃的圆廊，只见千枝万枝的樱花花团锦簇，像是一团团云霞在这里升腾聚集。在雨滴的滋润下，一股股樱花的芳香仿佛琼浆玉液渗进肺腑。我不由得停下脚步，仔细地观赏这些樱花，它不如桃花艳丽，不比杏花娇媚，它的美就在于不艳丽却一身帅气，清雅而风骨高洁。

一阵冷风吹过，片片樱花凄凉而忧伤地、缓缓地在细雨中飘落，好似仙女散花。那么慢、那么美，我真想让时光定格在这一刻。

我合掌默默祈祷世间多些完美和幸福，少些悲伤和疼痛，亦愿这个伤痛在4月能够远离。

也许这个时候，错过了樱花最最灿烂的时刻。樱花凋谢得很多，飘落满地，构成了一条用花瓣铺成的小道，蒙蒙细雨中，我边走边观赏樱花，脚步踏在湿漉漉的樱花道上，却也别有一番风景！

不经意间，一位美丽的女子闯入了我的视线，那美丽的女子衣裙飘飘顾盼生情，娇颜巧笑仿佛为春所遣，前来增分春色。她徜徉在樱花树下或拈花轻嗅或攀枝回眸，她银铃般的笑声在花影里回荡，我彻底迷醉了。

当我回过神的时候，身上落了几瓣樱花。一只布谷鸟在公园里清脆地鸣叫，湿漉漉的春光诗意地荡漾着大地，我抬头望了望樱花树上的那一片灰色的天，望到了几片远去的云影。

不远处，我仿佛听到了樱花们一声邀约："风来喽，我们一起飘吧……"

于是，争先恐后、纷纷扬扬来一场樱花雨，在最美的一刹那飘落，将永恒的美定格在世人的眼里。

樱花雪月，落英缤纷……

相约明年，相约春天，我还会来樱花小镇赏樱花！

春　笋

几年前老房子搬迁，村里对老宅基进行了统一复垦，老宅基旁的老竹园因位置偏僻，派不上用场幸免被保留了下来。

老竹园面积虽然不是很大，但每年春天，我们一家都能美美地吃上一季的春笋。

春笋是竹子的嫩芽，看似毛茸茸、水灵灵，却有着极强的生命力，它能掀翻砖石瓦砾、顶倒残垣树木。清明出土，谷雨成林。唐代诗人李贺有诗云："更容一夜抽千尺，别却池园数寸泥。"

清明时节，细雨霏霏。雾蒙蒙的江南，乡野竹林之间，春笋萌出，拔节有声。

周末的休闲时光，我照例开着汽车老别克来到老家的竹园，仔细地观察着这些娇小可爱的春笋，喜爱地用手去拂掉它们身上的泥土。也许是因前几天的一场春雨吧，它们趁势钻出来打量迷人的春天，不管泥土有多硬，还是砖石压身，都有一股万夫莫当之勇。整个老竹园，到处隐约可见它们散落的身影。

春笋长到20厘米左右高时身段最为粗壮，特别适合挖来吃。尤其春雨之后，性情骤发，水分充足，纤维特细。春笋褪去笋壳，笋肉嫩得让人想入非非，不但细嫩清脆，而且样子也漂亮。细细长长的，洁白光润，没有一点瑕疵。像小姑娘白嫩的肌肤；像小媳妇细嫩的腰身……

最诱人的还是被端上桌子的春笋，无论炒的、炖的、蒸的，整根儿的、细碎的，满桌子的清香。吃一口春笋，唇齿生津，嚼一口春笋，脆生生如碎玉般直响。老家竹园里的春笋，柔如美人舌、清香如兰麝，让人回味无穷，赞不绝口。

春笋自古就有"菜中珍品"的美誉，食用春笋有2500年至3000年的历史，一般人群均可食用，有清热、消痰、镇静的功效。

在我国，食用春笋颇受诗人们的喜爱。"青青竹笋迎船出，白白江鱼入馔来""洛下斑竹笋，花时压鲑菜"，这是唐朝诗人杜甫和宋朝诗人黄庭坚对食用春笋的赞美。一生画竹无竹不居的郑板桥先生写有"江南鲜笋趁鲥鱼，烂煮春风三月初"的诗句，也是忘怀不了春笋的鲜美。

春笋，味恬淡而清鲜，气美醇而蕴藉，清脆鲜嫩，有"寒土山珍"的美誉。它的吃法有很多种：可荤可素、可炒可煮，也可加工成笋脯或玉兰片。

春笋的家常做法也很多，对此，母亲很有一套，她的厨艺在我家来说，是首屈一指的，对春笋的加工烹饪更是得心应手。

在我家，保留并传承着一种最经典的吃法是清蒸春笋。老家竹园挖来的春笋不做任何处理，直接自来水洗净，上蒸笼架蒸 15 分钟，拿出后，春笋依然挺立如初，然后配以生抽酱油、味精和香油调成的蘸料，蘸着吃，味道清香爽口，原汁原味。儿子调侃说，这是国宝大熊猫的待遇。

母亲最擅长做的菜品是咸菜炒笋，其次是笋尖炖蛋、春笋烧肉等。其实，春笋除了和肉绝配外，它也是百搭食材，随便搭配什么菜都好吃。普通的一锅鱼汤里加入一些笋片，味道就会立刻丰富起来，汤中那一份淡淡的清香和浓浓的鲜味，让人瞬间感到春的鲜活气息在唇齿间弥漫开来。

在食用价值方面，春笋真不愧是大自然赠送给人们的美味佳肴。

据说唐太宗很喜欢吃春笋，每逢春笋上市，他总要召集群臣吃笋，谓之"春笋宴"，他用春笋来象征国势昌盛，也用春笋来比喻大唐天下人才辈出，犹如雨后春笋般的繁荣景象。春笋虽然好吃，可是持续的时间却不长，一个星期左右便长老了。

谷雨后的春笋，在一层一层脱去包在它身上的冬衣后，浑身散发出淡淡的清香，不屈不挠地向上，冲开遮蔽在它头顶的前辈们的手臂，厚积薄发，直上天空。难怪宋朝诗人徐庭筠说："未出土时先有节，便凌云去也无心。"

记得小时候，我经常跟着父亲去竹园挖春笋，站在高高的竹子底下，向着上面有竹叶的地方仰望，我才知道自己有多么矮。然后双脚套上绳套，像猴子一样缠着竹竿准备爬到最高点。一次比一次爬得高，但一次比一次摔得重。父亲发现了我，问我摔疼了吗。我微笑着说不疼，我爬得很高呢。父亲就叫我爬一次给他看看。我于是使出了看家本领，努力地爬到了中点的时候，幼嫩的小手禁不住往下垂滑，垂滑一段又用力向上一段，如此往复，还是无法爬到最高点。

当一节节春笋长成成熟的竹子，三年以后，哑巴大伯就拿竹刀砍了。哑巴大伯是篾匠，他除去繁密的枝丫，再用篾刀将竹子剖开。剖开后的竹子，第一层叫篾青，第二层叫篾黄，第三层叫篾拌。篾青最具韧性，是编织竹器的上乘材料，通常被用来编织凉席、箩筐、簸箕、篮子、筛子等重要器具；篾黄的韧性次之，通常被用来编织斗笠、鱼篓、粪筐等一般器具；篾拌缺乏韧性，易碎易断，基本派不上什么用场，通常被用作柴烧。

哑巴大伯剖篾的姿势优雅娴熟，他用嘴紧紧叼着竹片的一端，一手捏着竹片，一手用篾刀沿着竹片的纹路轻轻地一划一扯，一根完整的篾条便被从竹片上剥离出来了。剖完篾，还要刮篾、煮篾，这样编织出来的篾具既细致美观，又经久耐用。哑巴大伯为人诚实、手艺又好，编织的竹具远近闻名，十分畅销。

岁月流逝，物是人非。而今哑巴大伯早已离我们而去，往日的回忆慢慢淡忘。或许，在一个不经意的瞬间，我依然会想起当年的种种往事与感触。

春笋没有婀娜娇媚的姿态，骚人墨客对它有"山间竹笋，嘴尖皮厚腹中空"的贬义说法，然而，春笋热恋新鲜与光明的品质以及虚心劲节天天向上的精神，却引起人们对美好生活的珍惜，唤起人们对光明前景的向往。

十三香龙虾

又到了盱眙龙虾上市的季节。

吃盱眙十三香龙虾成了近年来每个夏天每个周末我们必不可少的约定。在当地，最有名的盱眙十三香龙虾馆要数嘉善的盛悦大酒店。这不，还没有跨进酒店的大门，盱眙十三香龙虾的香味便开始弥漫，继而扑鼻而来。

当服务员微笑着端来一大盆烧得红透了的盱眙十三香龙虾时，长达一年之久的等待便开始有了近乡情怯的感觉。红红的大龙虾是烫的，但不可以在手里颠来倒去露出猴急相，须先套上防溅的塑料薄膜罩衫，拿上透明的塑料薄膜手套，便是如《红楼梦》里所说的那样，从容地"自己掰着吃才香甜"。

吃盱眙十三香龙虾最好从大钳开始，大钳里的肉不大也不小，熟练地吸出一块肥肉，细细地咀嚼那一瓣细腻的香辣，虽然嘴巴有点微麻，但是却如一场美妙音乐的序曲一般，是走向幸福高潮的铺垫和预热。

待到揭开头盖，露出饱满的虾黄的那一刻，便是口水高涨的时候，但是仍然不要忙，仔细地把两边的黑须慢慢清理，而后用手把头部的那黑块摘除，在那娇艳欲滴的虾黄快要散的时候，一口咬住，刹那间，香辣细腻，甚至幸福得有些芬芳的感受，是所有感官集合起来的一种饱满的感觉。

吃盱眙十三香龙虾最好在饭馆酒楼之中，约三五以上小友，吃龙虾的人越多，欲望和幸福感越会加倍，也就有了"掀起红盖头，扯下红肚兜，香辣你心头"的形象描述。说不准谁还会咏上一诗来助兴，那气氛在酒精的催化下绝不亚于听摇滚音乐时的妙不可言。

如今，人们把盱眙十三香龙虾比作味中极品，甚至超过了阳澄湖大闸蟹，因为它具备了美食所必备的色、香、味、形和质，最重要的一点，它没有大闸蟹的贵族气质，而是走了一条平民化的道路，老百姓个个能吃得起，吃得饱，吃得好。清朝李渔是个吃喝玩乐的高手，但是，他那个时代还没有龙虾，十三香龙虾对他来说是一个极大的遗憾。

盱眙十三香龙虾是龙虾中的精品，这两年被炒得火热。凭盱眙这小城，哪有这么多的龙虾出售，恐怕十有八九是临近的江河湖泊所产，故全国人民品尝和咏叹的龙虾只不过是假盱眙之名而已。

尽管如此，每年夏天龙虾肥硕仍旧是人们最期待的时刻，而那轻易到不了口边的盱眙十三香龙虾纵然被替代，吃龙虾的人却也乐得不去追究出处。

吃着盱眙十三香龙虾，想起自己美丽的童年是令人心动的。在那个阳光灿烂的夏日午后，自己和小伙伴们一起赤裸着屁股、光着小脚丫，在池塘边手拿一根细竹棒，扎上细线，细线上系上诱饵大蚯蚓，放在池塘里，静静地等待龙虾上钩，那滋味越想便越是怀念和憧憬。

好东西终究是好东西，人见人爱，总有那么多的人去追捧。我想，吃盱眙十三香龙虾也不例外。

西瓜的味觉一直醒着

当我们舒展味蕾拥抱美食时，咀嚼的快乐顺着我们的牙床完成从口到心的旅行。在气味、滋味与回忆重逢的那一刻，我们发现，其实味觉一直醒着，一直在苦苦呼唤着流浪的心回归，霎时每一根神经触角都被激活，游移着的是心湖泛起的柔波，是眼底涌上的那股热……

在我童年的记忆中，难以忘怀的是那翠绿浑圆的平湖西瓜。

西瓜，顾名思义，指来自西方、西域的瓜。因其性寒，又名"寒瓜"。早在 4000 年前，古埃及人就种植西瓜，后来逐渐北移，最初由地中海沿岸传至北欧，而后南下进入中东、印度等地，四五世纪时，由西域传入中国。据明代科学家徐光启《农政全书》记载："西瓜，种出西域，顾名之。"明李时珍在《本草纲目》中记载："按胡峤于回纥（今新疆一带）得瓜种，名曰西瓜，则西瓜自五代时始入中国，今南北皆有。"我国是世界上最大的西瓜产地。西瓜品种很多，形色各异。瓜瓤有大红、粉红、橘黄、浅黄、白等颜色。其籽有黑、黄、白各色。瓜皮有黑、青、花、白等数种。平湖地处浙北，古属吴越之地，为我国最早的西瓜栽培地之一，至今已有 1000 余年的种植史。

平湖西瓜被誉为"江南第一瓜"，自古就有"半岭花衫粘唾碧，一痕丹血掐肤红"等脍炙人口的佳句。明代嘉靖年间，平湖西瓜因汁多味甜、爽口无渣，被列为皇室贡品，其中平湖虹霓堰（现属林埭镇）戴家浜之三白瓜为最佳。其瓜白皮、白瓤、白籽且皮薄，明代天启年间，它已是平湖西瓜的当家品种。民国初年，平湖所产的马铃瓜味甜而鲜，水多而软，皮硬耐藏，半个多世纪以来，一直畅销沪杭、港澳地区及南洋诸国。

炎热的夏日，当您外出归来，大汗淋漓口干舌燥之时，立马吃上一两块用井水冰镇或雪柜冷藏的西瓜，顿时便感到清凉解渴，暑意全消。平湖西瓜多汁，有润肺、通便的功效。小时候，我兄弟俩抱起大西瓜贪吃猴急的样子历历在目。现在，我在城市中生活，一年四季都可以吃到西瓜，但是总找不到儿时的感觉，至少有些遗憾。平湖西瓜除了原生态的吃法外，也可将其加工成清凉食品或甜品，以丰富它的吃法。

吃完红瓤、刨去表层后的西瓜皮，还可有数样吃法：第一种是切块，放盐若干，浸腌掂弄一两个时辰后，捞起，蘸酱油、麻油吃，清脆、爽口。第二种是将瓜皮细细切成丝状，放盐掂、捏一刻钟，至软熟。然后挤干水分，放入老抽酱油、麻油、味精、鲜辣粉（或辣油）适量，调拌后当场食用。脆嫩带韧，嚼时犹如海蜇，味道远胜于一般凉拌菜，过老酒尤宜。第三种是将西瓜皮切丝后晒干，用塑料袋装严实，放在冰箱里，可长期保存。待西北风起时，再取出来制成各类炒头宴客，别有情趣！第四种是酱炖，瓜皮切块，放入开洋、肉猪油，倒入豆瓣酱，用文火炖，其味甚佳。第五种是西瓜煲，选取皮厚的西瓜（台黑瓜最理想）挖空，置入烧锅内，将炖熟的火锅汤煲注入瓜壳食用。此法为朋友介绍，据说是十分的"OK"！猎奇者不妨一试。第六种是将西瓜皮丢入臭卤鬆泡它一天一夜，捞出、蒸熟，便是小有名气的传统卤菜——臭西瓜皮。第七种、第八种……不一一细表。据我的一位小学老师讲，吃西瓜皮最盛行之时当数 20 世纪六七十年代。那时老师住的院子里，住户大多是医务人员和教师，瓜讯时，赤膊摇蒲扇，乘风凉吃夜饭，西瓜皮当菜，既解暑环保又经济实惠。

平湖西瓜遍身是宝，肉瓤是消暑珍品，瓜皮是美味，其籽浸酱油炒熟后就是喷香的酱油瓜子。在西瓜上雕出各种精美图画做出西瓜灯，乃平湖一大民俗传统。"文化搭台，经济唱戏"，渐次发展成的西瓜灯文化节，为市民增添了一道亮丽的风景。

西瓜雕刻、西瓜羹、西瓜粥、西瓜菜……这些以西瓜为主要原料做出的各式各样的菜肴摆放在一起，就组成了一桌美味的西瓜宴。

西瓜宴里包括多种口味的菜，有酸甜味、荔枝味、咸鲜味、甜味和辣味等，一般 16 道菜就可以组成一桌色香味俱全的西瓜宴。而且配料十分简单，只需要盐、味精、豆瓣酱、泡辣椒和花椒 5 种调味料，就可调制出西瓜菜中的上百种味道。

平湖西瓜除了解渴止热，其药用价值也很高。以西瓜制的药有十余种，常用的有西瓜霜与西瓜翠衣两种。

　　说了那么多平湖西瓜的吃法，不知不觉，味蕾的欲望再一次膨胀，舌尖舒展，美味化开，静静享受生活本身的单纯与温柔，那是鸟鸣在空寂的山林里一次次的盘旋，是隐约飘来的栀子花香，是缠绵又缠绕的乡愁，是永远没有背影的分离……

味蕾上的舞者

你也许没有想到，被称作"天下第一蛋"的不是恐龙蛋，也不是鸵鸟蛋，而是平湖特有的一种美食——糟蛋。这个在味蕾上的舞者，曾迷醉了古往今来多少吃客的心。"买醉城西结伴行，源源佳酿远驰名，剖来糟蛋好颜色，携到京华美味评。"这是清代诗人赞美平湖糟蛋的七绝。

平湖糟蛋始创于清雍正年间，距今有 280 多年历史，有"中国饮食文化一绝"之美称。乾隆年间得京牌嘉奖，列为贡品，历史上先后在南洋劝业会、英国伦敦博览会和巴拿马国际博览会上获奖。

据说糟蛋最早源于民间。在平湖流传着两个关于糟蛋起源的故事：一说城关西门外有一个徐姓酒坊老板，某年，家中鸭子把蛋误下在一堆糯米里。适值黄梅天发大水，将糯米与鸭蛋全淹了。情急之中，徐老板随手将水浸泡过的糯米与鸭蛋放到酒瓮里。几天后发现糯米发酵、蛋壳发软，徐老板索性将错就错，又加了些酒和盐，再用牛皮纸蘸猪血密封瓮口。几个月后徐老板打开酒瓮，惊喜地发现糯米酒糟中的蛋壳剥落，透明的蛋白与橘红色蛋黄凝为一体，酒香扑鼻，回味悠长。另一说是某年清明，徐老板家煎鱼烹肉，备船上坟祭祖。有个叫枣信的学徒年幼嘴馋，乘机把几只生鸭蛋藏在身上，想等老板全家上船离去后，再把鸭蛋煮熟解馋。谁知老板临上船时突然改变主意，让枣信也同去坟地。枣信生恐口袋里的鸭蛋被压破露出马脚，慌乱中将鸭蛋偷偷按入一缸酒糟里。扫墓归来，小枣信把那几只倒霉的鸭蛋忘了。到了中秋，徐老板启用那缸酒糟，缸中的那几只埋在深处的鸭蛋赫然出现。此时，它已变得似蛋非蛋，却是香气四溢，见者个个瞠目结舌，一尝之下，感觉口味独特，皆啧啧称奇。第二年，徐老板开始有意识地制作糟蛋，从此生意兴隆，并最终把糟蛋"培育"成朝廷贡品。那无意中"发明"糟蛋的枣信也因祸得福，成了徐家的东床快婿，后来还成了酒坊接班人。

说来平湖糟蛋由酒糟糟渍而成似乎简单，实际上工艺却颇为复杂。平湖糟蛋的加工一般在清明前后开始，然后经过黄梅和夏天这个最适宜酵母菌种繁殖发酵的季节，入坛四五个月后成熟。糟蛋加工经过几代人的不断实践和探索，逐渐形成了一套完整的制作工艺。经过 200 多年岁月的沉淀，这种工艺更加完善。大致由"浸米—蒸饭—配药—酿酒—发酵成糟"和"洗蛋—晾蛋—击蛋—落蛋—封坛"等工序组合。

起初的鸭蛋选用的是著名的江苏高邮鸭蛋，蛋的大小用一只特制的铁丝圈来测量，如蛋从圈中漏出，则弃之不用。酒糟用上等的糯米发酵而成。为了使糟渍过程中的醇、酸、糖类、盐类等成分易于渗透到蛋内，须将晾干的鸭蛋表面用竹片击裂。这道工序缘由是当时在加工糟蛋时不慎将裂纹蛋混入其中一起糟渍，后来发现这些裂纹蛋不但成熟早，而且蛋壳大部分脱落，且味道较浓，因此就设法在糟渍前先将蛋壳击碎。最早是利用蛋的大头气室相碰，这样虽能减少损失，但因裂壳范围小产生糟渍不匀、脱壳不良等情况而不能符合软壳糟蛋的要求。经过不断摸索和改进，才逐渐发展到目前应用竹片击蛋。这个技术大有讲究，既要击出龟纹，又要防止击破蛋膜，因此难度较高，而又唯我独有。

平湖糟蛋以软壳为特点，其质腴而柔软，个大而丰实。蛋白为乳白色软嫩的胶冻状。蛋黄带橘红色呈半凝固状，有浓郁醇厚的酒香。其味鲜美嫩甜，食味沙香可口，食后余味绵绵不绝，往往使品尝者赞不绝口。平湖糟蛋在其糟渍过程中，所产生的醇、酸、糖、酯、盐等成分逐渐渗入蛋内的同时，诸多的营养成分也随之进入蛋内积聚起来，从而使糟蛋的营养含量更加丰富。

平湖糟蛋只宜生食，不可熟吃，否则内含的蛋白质和氨基酸等营养成分被高温破坏，不仅会失去原有的独特风味，而且还会产生苦涩味。平湖糟蛋的吃法通常有三种：第一种，用凉白开水洗掉蛋壳残片和酒酿糟后，装入盘中，用小刀或牙签轻轻划破蛋膜（即蛋衣）即可食用，这是一种最常见的食用方法。第二种，将装入盘中的糟蛋去除蛋膜，稍加点白糖，滴上几滴白酒拌匀进食，可领略糟蛋的另一番美味。第三种，也可作为佐料，调配到其他有关冷食中，使之成为别有风味的美食。

如今，也有许多吃货食客吃掉糟蛋后，舍不得丢弃酒糟，用酒糟烹烧醉鱼、醉肉，同样美味可口，回味无穷，别有风味。

辑

叁

传承与弘扬"报本"文化

"报本"是平湖人的价值关怀、价值体现。

"报本"一词源出始建于明嘉靖四十二年（1563）的标志性古建筑报本塔。矗立了400多年的报本塔，是平湖的地标，更是平湖的文化象征。"报"是对"本"的回报和报答，"本"是"报"的价值指向。

《报本塔记》云："盖天地者万物之本也，大君者万民之本也，父母者身之本也，师者阐教作人之本也，统宇宙所有，莫不有本，容无以报之乎？""天地"就是天下（乃至宇宙），是最高的真理、最抽象的真理；"大君"代表了国家，象征着个体对国家的责任和义务；"父母"代表了家庭，象征着个体对家庭的义务和责任；"师"代表了个人的自我实现。对于这四者的施与，都应该给予报答，甚至是无限的报答。

"报本"是平湖文化的根和魂。在新的形势下，"报天地之本"，就是敬畏自然，保护环境，发展绿色循环经济，实现可持续发展；"报国家之本"则是热爱党和国家，拥护中国特色社会主义制度；"报父母之本"则是热爱家乡，孝敬父母，回报养育之恩；"报师之本"则是尊师重道，崇文好学，努力建设学习型社会。

"报本"是平湖精神平和的本质要求，缺乏报本价值引领的平和，有可能是无原则的乡愿；缺乏报本价值引领的勇猛精进，也可能沦为自私自利的不择手段，就可能偏离科学发展的目标和方向。

"报本"这两个字，既有丰富的历史文化底蕴，又能代表我们当下乃至未来的价值构建的方向。平湖人性格温和、恋家、崇尚孝道，面对外来侵略却能奋起抗战。从陆稼书到李叔同，"报本"文化精神在一代代平湖人身上留下了深深的烙印，无论是过去、现在还是未来，都具有强大的历久弥新的正能量。

陆稼书，名陇其，生于明崇祯三年（1630），卒于清康熙三十一年（1692），年63，是明清之际复兴程朱理学的代表人物之一。在他的《治嘉格言》中，就有许多关于"报本"文化思想和家庭伦理关系的阐述。乾隆皇帝称扬他"研精圣学，作洙泗之干城；辞辟异端，守程朱之嫡派"，是"蔚然一代之纯儒"。陆稼书深受明清之际"崇实黜虚"思潮的影响，努力把宋明理学对"天理""良知"的玄思转化为对现实的思考和实践，并着力落实到平常的人伦言行中去。

陆稼书的"忠孝礼仪，耕读传家"是渗透在平湖人血脉里的一种"报本"文化理念，也是形成平湖清官精神的"报本"文化之源，其中体现了勤廉报本、厚德载物的做人为官之道。

"忠孝礼仪，耕读传家"既包括"以耕养家"和"以读兴家"的内涵，又整合了"耕读相兼"的思想，它在平湖农本社会中，是农家所努力追求的一种理想生活图景，是一种积极向上的人生态度。耕种可以事稼穑，丰五谷，养家糊口，以立性命。读书可以知诗书，达礼义，修身养性，以立高德。"忠孝礼仪，耕读传家"既学谋生又学做人，能够在乡土社会中受到足够的尊重，这是足以吸引农家为之世代奋斗的内在精神动力。

陆稼书"忠孝礼仪，耕读传家"的"报本"文化思想对温润的平湖有着积极而又深远的影响。

"布衣暖，菜根香，诗书滋味长"，"人生在世，惟读书、耕田二事是极要紧者。盖书能读得透彻，则理明于心，做事自不冒昧"……这些治嘉格言是对中国传统文化的核心解读，从中能领略到平湖地域文化的思想和人文内涵，感受到平湖人民的生活方式和文化传承。

李叔同，即弘一法师，清光绪六年（1880）阴历九月二十生于天津官宦富商之家，1942年圆寂于泉州。他是中国新文化运动的前驱，卓越的艺术家、教育家、思想家、革新家，是中国传统文化与佛教文化相结合的优秀代表，是中国近现代佛教史上最杰出的一位高僧，又是国际上声誉甚高的知名人士。李叔同在音乐、美术、诗词、篆刻、金石、书法、教育、哲学、法学、汉字学、社会学、广告学、出版学、环境与动植物保护、人体断食实验诸方面均有创造性发展。

李叔同认为，如果作为一个艺术家没有"器识"，他无论技术多么精通，也是微不足道的。"应使文艺以人传，而不可人以文艺传"，李叔同强调人品修养的重要性，要做一个好的文艺家，首先必须是一个好的人。虽然道德规范的内容，不同的时代有着本质的区别，但是李叔同的"报本"文化思想，在今天看来，依然是十分正确的。

"报本"文化思想的情怀始终贯穿着平湖的历史进程，支撑着平湖的当代社会实践，传承与弘扬，不断地创新与发展。

改革开放以来，平湖经济发展迅速，科教文卫事业发达，"美丽平湖"呼之欲出，"孝文化"的道德高地正在逐步构建，这些都有赖于深入人心的"报本"文化思想。围绕加快建设和谐幸福的现代化"金平湖"这一总目标，一个上海南翼开放型经济强市、杭州湾北岸现代化港口新市、江南水乡生态型文化大市正在崛起。这其中，正是"报本"精神作为强大的内驱力，策动着整个平湖经济社会各项事业向前迈进。

在当前，"报本"文化思想更蕴含着构筑社会主义核心价值体系的深远意义。在经济社会转型发展的关键阶段，浙江省提出了要建设物质富裕、精神富有的现代化浙江，并提出了以"务实、守信、崇学、向善"为内涵的当代浙江人共同价值观；平湖市正深挖历史底蕴，大力弘扬"平和保本"精神，而"报本"，正是激励建设和谐幸福的现代化"金平湖"、实现全面推动乡村振兴，创新打造共同富裕示范区战略的动力源与助推器。

亭林读书堆与泖口顾书堵

——浅谈两地顾氏大族的家风家训

认识蒋志明老师，纯属一次巧合，我们因"江东孔子"顾野王而结缘。

一次，"金山一怪"国强兄来泖口参观陆稼书家族祠堂，当我介绍泖口文化名人顾野王的时候，他立即给我推荐了一个人，说蒋志明老师是上海金山区亭林镇顾野王文化研究院的院长，也是专门研究顾野王的专家，可以交流一下，并给了我电话。通过电话，我和蒋志明老师取得了联系，我邀请他到泖口来实地考察顾书堵的历史遗迹，蒋志明老师爽快答应。考察当天，我们兜兜转转一个下午，只可惜由于年代久远，顾书堵遗迹废而无存，仅留下史书上的只言片语及当地老百姓口中的一些模糊记忆。

泖口，位于平湖市东北 15 公里许，是浙沪之界线。因地理位置特殊，又处于三泖（大泖、长泖、圆泖）之口，故名为"泖口"，别名"龙头"。

据史料记载，从吴王阖闾十年（前 505）起，伍子胥就在泖湖地区倡导修筑浦塘，疏导泖湖之水，接通青龙江入海，并围圩造田、扩种水稻、植桑养蚕，使人民过上了安定富足的生活。淳朴的地方风情、经久不衰的耕读传家之风、适宜的人居环境，使泖口成为历代文人雅士修身立说之地。久而久之，厚重而丰润的泖口文化得以形成。

泖口，又名顾书堵，这与南朝大学者、文字训诂学家、史学家顾野王隐居泖口著书有关。泖口风光秀丽，土地肥沃，河水丰沛，温暖滋润，适宜居住，因远离政治权力中心，自古以来，即被文人墨客视作隐居读书的好去处。

据明天启《平湖县志》记载："顾书堵，在县治东北三十里，傍东泖，相传顾野王读书圃，所撰有《玉篇》《舆地志》各三十卷，《符瑞图》《顾氏谱传》各十卷，《分野枢要》《续洞冥记》《玄象表》各十卷，文集二十卷，名垂书堵不虚耳。"

顾氏集中于汉唐时期，反映了顾氏作为吴地郡望的兴盛概况，由会稽而析出吴郡，所以史书往往言其吴人或苏州人。而唐初，苏州又领七县（吴、长洲、昆山、嘉兴、常熟、海盐、华亭），明宣德五年（1430）平湖从海盐析出，平湖顾氏复兴于清代，以崇尚理学、讲学地方著称。

在泖口顾书堵，顾氏后人仰慕顾野王的好学、博识、笃行。因此，也留下了"忠""孝""诚""义""耕""读""礼""道"的泖口顾氏家风家训，这也成了现在千年泖水的文化精髓。泖口顾氏没有家谱之类的文字记载，不能证明他们是顾野王的后裔，但他们口口相传顾野王、顾书堵、顾书塘、顾书桥等信息，顾野王曾在此读书著书的历史，这是事实，毋庸置疑。

泖口顾书堵历来是文人墨客雅集的地方，留下了许多赞美和缅怀的诗句。清光绪年间泖水长老俞金鼎《泖水乡歌》有云："野王书堵暮云横，东泖潮来月正明。一阵西风响修竹，夜凉疑是读书声。"清同治年间时枢也有诗云："野王旧宅足勾留，舆志曾经此地修。读书今日堵犹在，不独南村有土丘。"并注：顾书堵相传是顾野王的读书圃。

读了蒋志明老师的《亭林读书堆——明清亭林顾氏传记及家风家训研究》一书，我对顾野王以及亭林顾氏的世家大族有了更深入的了解，由此也对亭林读书堆和泖口顾书堵的研究产生了浓厚的兴趣。

亭林读书堆是顾野王读书写书的一个地方，也是顾氏家族耕读传家延续文脉的一个核心。蒋志明老师对顾氏家风家训的研究总结概括为：忠诚正直、勇于担当、仁爱孝悌、尊卑有序、乐善好义、大爱无边、慎独慎言、智勇兼备、勤俭厚道、耕读传家。这是顾氏大族的传家宝，是传统文化积淀下来的家族认同。

党的十八大以来，国家非常重视家庭建设和家风家训建设，家庭是社会的基本细胞，是人生的第一所学校，不论学校发生多大的变化，无论生活格局发生多大的变化，我们都要重视家庭建设，注重家庭，注重家风家训。中国文化强调修身齐家、治国平天下。好的家风可以造就一个人，坏的家风可以毁掉一个家庭，甚至一个家族。家风既是私事，也是公事。家风连着民风、社风、政风，家事连着国事、政事、天下事。

一个有名望的家族兴旺不兴旺，发达不发达，最关键的是看他们有没有做好以下三件事：读好书，当孝悌，多善义。弘扬优秀传统文化，弘扬好家风，传承好家训，推动形成爱国爱家、相亲相爱、向上向善、共建共享的社会主义家庭文明新风尚。蒋志明老师的顾氏家风家训研究给我们提供了一个家族持续健康发展的样本，同时，也给了我们一个很好的启发：挖掘好、运用好名人文化，立足于现代实践，通过转化创造、丰富发展，使其焕发新的生命力。这不光是顾氏家族的荣耀，这也是金山区亭林镇的一笔宝贵的精神财富，在努力实现中国梦的今天，是有着极其重要的现实意义的。

齐家治国、传承致远。无论是上海亭林读书堆，浙江泖口顾书堵，还是顾野王的出生地江苏苏州，不管地理位置区域如何划分和变化，我们其实就是一家人，一家人不说两家话。我们要把深入挖掘研究传承顾野王的事业做大做强，靠单枪匹马的力量还远远不够。

由此，我不由得想到，在长三角一体化的时代背景下，苏浙沪应协同研究，广泛交流，优势互补，资源共享。建议三地轮值，每年举办一次全国性、高规格的顾野王研究高峰论坛，以更加深入、全面、有效地推进顾野王文化的研究和发展。

我相信，在苏浙沪三地的携手共同努力推动下，顾野王文化研究必将发出更加灿烂耀眼的光芒。

廉心坚守颂清风

泖河水月湾是我的故乡。

水月湾之名起源于明代，以太宰公陆光祖（即陆庄简公）在西岸建酒坊等别业而命名。明《平湖县志》有载："陆庄简公于巨流中甃石为矶，当明月皓白，水光接天，增一胜概曰水月湾云……"

那里岸柳垂丝、野花如绣、碧波千顷、鱼儿凌风、轻舟荡漾、水天一色、温润似玉、风光旖旎，景色别具情致，自古为游览胜地，也是泖水文化的重要发源地。那里水、月、舟交相辉映，浮鸥游鱼，出没烟波，银涛忽叠，清风徐来，袅袅炊烟和悦耳的蛙鸣声、蝉鸣声声声不绝，蝴蝶翩飞，田野雨润……这种特定的地理环境逐渐形成了独特的江南稻作文化和温婉悠远的吴越风情。

美好的1984年！那一年，我考进新埭中学初中部，成了一名文学少年。那一年，我拥有了一颗廉心和孝心。我清晰地记得，那是暑假里一个夏日的午后，清风徐徐，我和小伙伴们在自家屋后的大竹园里，静静地听一位老爷爷讲"天下第一清官"陆稼书的故事。

陆稼书，泖河水月湾人，清康熙九年（1670）进士，为官清廉，出行办公不坐轿而以毛驴代步，故有"毛驴县令"之称。陆稼书素以孝闻名，于父母是地道的孝子，于儿女是严慈的父亲，于学生是严明的导师，于百姓是清廉的父母官。即使在为官期间，每天都要为母亲叠被铺床，侍候起居，一日三餐侍候有佳。据说，在陆稼书父亲去世的时候，他正在京城考试，一听说父亲去世了，立刻赤足步行往家赶。他到了家里，日夜哭泣，每天也不入内室，只是席地而卧。

陆稼书尽孝行孝春风化雨、深入人心、孝行天下。他初任嘉定县令，有一逆儿虐待老母亲，老母亲无奈状告到官府。陆稼书让逆儿留在府里当侍卫，跟在身边同吃同住。陆稼书每天一早起来先问候自己的老母亲，再侍候母亲吃饭，等母亲吃完自己再吃。天天如此，逆儿在一旁深受感动，一个月后终于跪在陆稼书面前，承认错误，恳请让他回家孝敬母亲。

陆稼书的清正廉洁，可以说是一尘不染、一介不取。陆稼书在嘉定为官时，"食米均载自平湖，署中隙地种菜，夫人躬身织纴，官舍闻机杼之声"。为官清廉是陆稼书做官的第一品格。

老爷爷讲得娓娓动听，我们听得津津有味，陆稼书的故事感人至深。从那个时候起，我知道了陆稼书就是我们泖河村的先贤。于是，我就暗下决心开始收集陆稼书的故事。进入高中时代，繁重的作业，高考的压力，迫使我不得不暂时停止实地走访和采写稿子。

1991 年，我走上工作岗位，出于对陆稼书的景仰，我继续利用业余时间，收集整理和研究考证有关陆稼书的故事和文献资料。一些实物的收集也成了我研究的内容范围，包括墓志铭、石碑、老物件等。由于泖河村正面临整村拆迁等原因，我怕以后找不到这些东西，所以花了不少心思和金钱。为了编辑出版《陆稼书的故事》一书，我多次前往陆稼书曾经为官的上海嘉定、河北灵寿两县进行走访，收集流传民间的清官陆稼书的故事，前前后后也花了不少的精力和财力。

你越去了解陆稼书这个人，你就越能发现，陆稼书留给我们的东西实在太多了。民间故事、诗歌、书法作品等。陆稼书除了理学、清官之外，其实他的艺术创作也令人惊叹。"清官"只是他的一个标签，在他身上我们还能够挖掘到更多的东西。也正因为如此，将陆稼书全方位地展现给世人，就成了我不忘初心、砥砺前行的使命。

2000 年，我进入平湖报社工作，第二年，我也被推荐当选为平湖市政协委员，由于工作是与文字打交道，我对陆稼书的研究更加深入和完善。2005 年，我转入桐乡报社工作，同时，也被推荐当选为桐乡市政协委员、常委。作为一名新闻工作者，一名文化线上的政协委员，我对陆稼书的研究和推广有了一份坚守的毅力和满满的自信。

2013 年，我从桐乡报社辞职下海，成立了嘉兴市金子文化传媒有限公司，专门做起了陆稼书的研究和推广工作。为了更好地宣传陆稼书的廉政和孝德文化，2014 年，我和当湖高级中学合作建立了平湖市陆稼书研究成果展示馆，成立了平湖市陆稼书研究会。同时在当湖高级中学开设了每周两堂的"陆稼书研究"选修课。通过研究会这个平台，由我主持编印了会刊《陆稼书研究》，每年一辑，适合二辑，现已出刊 10 辑，300 多万字。另外，我编著的《清官陆稼书》故事卷、诗歌卷、书法卷三卷合本现已由浙江古籍出版社出版，我撰写的长篇历史小说《清官陆稼书》也已初步成形，总字数 20 多万。

陆稼书两袖清风，一身正气，一生充满传奇，曾受到清代康熙、雍正、乾隆三帝的褒扬，是清本朝第一位入祀孔庙的圣贤。

陆稼书说："世上几百年旧家无非积德，天下第一等好事只是读书。"他终生将"养心、敬身、勤业、虚心、致诚"五箴奉为信念。陆稼书认为，官吏的清廉与否决定着国家治理的好坏。为官一任、造福一方是陆稼书以民为本的具体体现。作为地方官，陆稼书最突出的表现是勤于政务、恪尽职守、为民着想、为民解忧。因此，陆稼书把"此身苟一日之闲，百姓罹无涯之苦"作为自己的座右铭。

陆稼书思想是珍贵的历史精神文化遗产，我们不能忘记，我们更要有所作为。2016 年，我和当湖高级中学沈国强老师二人应邀去上海嘉定，参加了上海市首届嘉定孔庙儒学论坛暨上海儒学与当湖书院陆稼书学术思想研讨会。同年，在我的推广宣传和影响下，平湖市陆稼书研究会作为团体会员成功申请加入了浙江省儒学学会，我也被推举当选为学会理事。

不久前，稼书故里新埭镇泖河村恢复修建三鱼堂、清风楼，重建尔安书院以及无讼文化主题园风景线。我被邀请进行全面的规划和设计，并主持具体的馆舍布展工作。我把自己二三十年来收集的实物和文献资料全部展出，将廉政文化和无讼文化融入美丽乡村建设中，进一步丰富了廉政教育和人民调解载体，推进了陆稼书"天下第一清廉"廉政和无讼文化品牌建设。2018 年，我在景区亲自接待来自上海、江苏、广州和河北等地的游客 10000 多人次。

陆稼书"无讼"文化理念，就是要把矛盾化解在基层、化解在萌芽状态，达到息事无讼的目的。陆稼书先后任职嘉定、灵寿知县，凡遇纠纷，陆稼书均能动之以情，晓之以理，喻之以法，极善感化教育讼争双方，因此两县政清人和，庭可生草，已至无讼之境。在大量查阅了陆稼书的文献资料的基础上，我对于陆稼书的研究比较透彻和成熟，为迎合当前的社会治理模式，我率先提出了陆稼书治理嘉定以德感化判案的创新实践，后经归纳总结提炼，形成了独有的陆稼书"无讼"文化理念。我倡议并修建陆稼书"无讼源"展示体验馆，得到了嘉兴市中级人民法院和平湖市人民法院领导的肯定与赞誉。

陆稼书的无讼理念就是新时代"枫桥经验"的生动体现。2018 年，我作为陆稼书先生的宣传和推广者，被邀请参与了新埭镇深挖陆稼书"无讼"文化、建强"无讼"组织、创建"无讼"工作室、拓展"无讼"路径，完善"三治融合"实践探索，并不断探究无讼文化自治融合点，培育基层自治力量，以自治化解矛盾，促进民事民议、民事民办、民事民管，真正做实"大事一起干、好坏大家判、事事有人管"的"息事无讼"基层治理工作。陆稼书"无讼"文化，经过一年来的挖掘和创新实践，取得了显著的成效，新埭镇万人成讼率明显下降，逐渐形成了有事"不言讼"的良好氛围。新埭"无讼"样本，先后得到了嘉兴市和平湖市两级主要领导的批示，要求好好总结经验，在各地进行大力推广。

同时，在我的参与和见证下，新埭镇把新建成的尔安书院作为传统耕读文化的传承基地。以先贤大儒陆稼书为引领，在各村（社区）成立稼书学堂，并制定了稼书学堂的运行标准手册。同时，通过举办各类讲座和开展各项活动，进一步传承和弘扬了优秀传统文化。无论是耕读文化、孝德文化还是报本文化，万变不离其宗的是孝悌为本、崇文尚德的价值取向。这些传统文化让越来越多的人在回归初心的同时，也努力感染身边的人，成为社会和谐的基因、道德的引擎、发展的动力。

据泖口陆氏祖辈相传，当年，陆稼书的家境清贫得连大门也没有，仅有一只竹制蚕匾遮风挡雨。他仍设馆尔安书院以授徒、著书和校勘自娱。邑人俞鹤湖赠诗云："有官贫过无官日，去任荣于到任时。圣代自来公论在，谁传消息到长安。"蔚州魏象枢与陆稼书素不相识，闻其政声，深为感动，以诗遥寄："吏道虽云杂，天下岂无人。"

陆稼书一生孝廉方正，诲人不倦，起到了传承和感化教化后人的效应。我亲闻、亲历、亲为，三十多年孜孜不倦，致力于把陆稼书清正廉洁、慎独自律、明德亲民、知行合一、坚持正义、刚健笃实、奉公尽职的榜样精神用文化的表达方式，立体地呈现在了大家的面前，这也正是陆稼书思想的时代价值所在。

潜力研究陆稼书，廉心坚守颂清风。夕阳西下，当我在故乡水月湾眺望着这条宽阔的泖河，那泖河上的一个个季节的交替，此时正在我的眼前惊奇地变换着……此时此刻，我仿佛听到泖河正以它特有的波涛声在发自内心地感叹着："我是一个幸运儿，今生今世承载过这位被清廷誉为'本朝理学儒臣第一'的循吏，一路同行，身披灵光，与他默默对话，这是我的自豪，这是我的荣光。"

解读稼书园

今天特别高兴能够有机会来到我的母校和大家一起分享我们新埭历史名人陆稼书的孝德和读书。首先，我们来认识一下陆稼书。

陆稼书，新埭泖河人，清代理学家，清康熙九年（1670）进士，历官江南嘉定、直隶灵寿知县，四川道监察御史等，时称循吏。

刚才，我们了解了陆稼书，大家都知道，他是一位清官，被康熙皇帝誉为"天下第一清廉"，也是"清本朝第一位入祀孔庙"的圣贤。

因此，学校为了挖掘、传承和弘扬优秀传统文化，让校园文化真正体现本土名人文化为特色，专门建设了稼书园，这是学校的一件好事，一件大事，我们要为学校领导点赞。

稼书园

下面我来解读一下稼书园：

稼书园总体风格古朴简约，展示了一园一亭一像一池一廊一石。

居敬穷理

陆稼书的理学思想"居敬穷理"，是中国宋代程朱学派所倡导的一种道德修养方法。

出处："居敬"语出《论语·雍也》"居敬而行简"，意为以恭敬自持；

"穷理"语见《易·说卦》"穷理尽性以至于命",意为穷究万物的道理。程朱理学家认为所谓"居敬",就是"心"的"主一""专一""自作主宰",不为外物所牵累;所谓"穷理",就是"欲知事物之所以然与其所当然者而已",亦即致知明理。

问学亭

对联:问天问地问自己,问心无愧;学古学今学中外,学业有成。

出处:陆稼书有著名的《问学录》。这副对联的意思是读书做事一定要问和学,不问不学,业而不成。

稼书像

此像出自光绪四年(1878)重刻道光版本《练川名人画像》。是芝麻白石等身坐像。

知水池

陆稼书三鱼堂有让水池,稼书幼小谦让懂礼,长大后更是知水乐水。

出处:有关典故最早出自《论语·雍也》。"知水"的原义是有智慧的人,达于事理,周流无滞,所以喜欢流水的跃动。

清风廊

对联:一代儒宗家泖水;两袖清风传千秋。

出处:陆稼书为官清廉,两袖清风,深受百姓爱戴。教育学生要学习和传承陆稼书的一身正气精神。

用心敬事（文化石）

陆稼书的一生除了居官尽职、开馆授课之外，皆以昌明学术、端正人心为己任。

出处：陆稼书孝德为先，用心读书，以理服人、以身作则。

……

陆稼书做官两袖清风、刚正不阿，做人以孝为先、以德化人，其为官、治家之道，崇尚理学、力行耕读的理念沿袭至今，并孕育了"忠义诚孝·耕读礼道"的新埭泖水文化。稼书园的建设将进一步向大家展示陆稼书的清廉孝德思想，也将进一步推动传承优秀传统文化价值，赋予更多的新时代校园文化内涵。

最后，我希望同学们以陆稼书为榜样，好好学习，天天向上。同时，也祝愿母校积历史之厚蕴，续写辉煌，宏图更展，再谱华章！

结庐古城下　读书秋树根

　　楹联释义：在古城墙下居住，在老树根旁读书，此联营造了一种古朴、高雅而又悠闲、散淡的生活气氛，是人生的一大静境也。读书、读好书，积德、做好事，这是陆稼书一生的精神追求。

　　楹联是中国传统文化中为大众所喜闻乐见的一种文学表现形式，它是从春联发展而来，在形式上又是古代格律诗的演变。相传公元964年除夕，五代后蜀主孟昶在其寝门桃符板上自题"新年纳余庆，嘉节号长春"，作为新年祝福，这就是春联的起源。中国古代楹联艺术十分丰富多彩，除了收录在书籍中的以外，还有许多名联佳对保存在各地的名胜古迹中，甚至刻在碑石上，以便传播更久远，这些楹联通常是文字与书法并美的珍贵艺术品。

　　"结庐古城下，读书秋树根。"这是"天下第一清官""一代醇儒"陆稼书的楹联刻石，这副书法楹联位于西安碑林五室西游廊。楹联高107厘米，单联宽32厘米，五字联，书体为陆稼书行草书，江开题识，王鸿志题跋，清道光二十九年（1849）刻石。

　　西安碑林，坐落在西安文昌门内三学街，始建于北宋元祐二年（1087），旧为西安孔庙，系为保存"开成石经"而建立。900余年来，经历代征集，收藏汉、魏、隋、唐、宋、元、明、清各代碑石共近3000方，存古代名碑颇多，陈列展出1087方碑石。是我国历史上保存碑石最早的展馆，也是我国现今最大的石质书库。由于碑石如林，故称"碑林"。中华人民共和国成立初为陕西省博物馆，后改为西安碑林博物馆。馆内藏有多通清代和民国石刻楹联，从联文到书法都具有一定的艺术价值。

　　陆稼书的这副楹联是分别集录唐代诗人裴迪五言绝句《孟城坳》和杜甫五

言律诗《孟氏》中诗句而成。上联出自裴迪《辋川集二十首》之一的五言绝句《孟城坳》，诗云："结庐古城下，时登古城上。古城非畴昔，今人自来往。"裴迪（生卒年不详），字、号均不详，唐代诗人，关中（今属陕西）人。官蜀州刺史及尚书省郎。其一生以诗文见称，是盛唐著名的山水田园诗人之一。是诗人王维的好友。早年与"诗佛"王维过从甚密，晚年居辋川、终南山。下联出自杜甫的五言律诗《孟氏》，诗云："孟氏好兄弟，养亲唯小园。承颜胝手足，坐客强盘飧。负米力葵外，读书秋树根。卜邻惭近舍，训子学谁门。"杜甫（712—770），字子美，自号少陵野老，世称"杜工部""杜少陵"等，汉族，河南府巩县（今河南省巩义市）人，唐代伟大的现实主义诗人，杜甫被世人尊为"诗圣"，其诗被称为"诗史"。杜甫与李白合称"李杜"，为了跟另外两位诗人李商隐与杜牧即"小李杜"区别开来，杜甫与李白又合称"大李杜"。他忧国忧民，人格高尚，他的1400余首诗被保留了下来，诗艺精湛，在中国古典诗歌中备受推崇，影响深远。公元759—766年杜甫曾居成都，后世有杜甫草堂纪念。裴迪的诗有怀古思旧之意，杜甫的诗有读书向善之理。

而楹联的书写者陆稼书，浙江平湖人，清康熙九年（1670）进士，历官上海嘉定、河北灵寿县令。作为一名清官，他的书法名气虽然不是很大，但正如江开题识所说："裴秀才、杜工部句以名儒书之，更为稀世之珍。"看这副楹联，行草兼杂，行书胜于草书，格式挺拔大方，气度实不平凡。

关于这副楹联的来历，从跋语可得以了解。跋语云："陆清献公书楹帖，松文清公所赠，先君藏弄三十余年。鸿游秦中，摹渤碑林，以垂永久。"松文清公即清代的松筠，蒙古正蓝旗人，姓玛拉特氏，字湘甫，嘉庆中官至武英殿大学士，好佛，卒谥"文清"，《清史》有他的传。据王鸿志题跋的时间，可知此楹联摹勒于清道光二十九年（1849），并且是专门为碑林所刻立的。

世上几百年旧家无非积德
天下第一等好事只是读书

楹联释义：在世间可以延续百年而不败落的家庭，所靠的无外乎是积德行善；天下第一件有益处的事，归根结底还是读书。此楹联以积德和读书为内涵，诠释了泖水几千年来耕读传家、积德行善、仁孝清廉传统的文化精神。

新埭，这个具有400多年历史的江南小镇，人杰地灵，鱼米丰实，民风淳朴，文化底蕴深厚，源远流长的泖水千年流淌，孕育了一方子民，泖水两岸勤劳善良的人民在农耕劳作中孕育的耕作文化内涵丰富，吴越风情温婉悠远，留下了多姿多彩的史实、物事和人文精神。

新埭民众一直恪守耕读传家的信条，自古多才俊，名人辈出，从南北朝黄门侍郎顾野王在泖口顾书堆读书著述，到元代孙固在听雪斋研读，直至明代陆光宅中举后在旧埭创办天心书院，清代第一清官陆稼书在泖口创办尔安书院，县令王恒在竹筱里创办新溪书院，民国时期新埭区有阅报处9个，可见读书蔚然成风。如今，民众也有喜爱读书的好习惯，泖水文化公园内，在新建的稼书亭上，就挂有清官陆稼书先生的一副楹联："世上几百年旧家无非积德，天下第一等好事只是读书"，旨在励志后人读好书、行善事。

一

在传统的中国社会中，士绅阶层乐善好施，除了儒家思想中积极入世、道德教化的导向之外，另一重要目标是通过积德行善而获得福报，来维系本家族的绵延兴旺。千年古镇新埭，陆氏是望族，望族出生的陆稼书（1630—1692）

被誉为"清朝天下第一清官",也是清朝入祀孔庙的第一人,在浙江乃至全国产生了较大影响。陆稼书祖辈家规家教严明,他从小就耳濡目染,接受熏陶,把祖辈的家风遗训作为以后为人处世的准则,才养成了他刚正不阿、清正廉洁的民族风骨。陆稼书为官清正,品德高洁,深受老百姓爱戴。他的政绩逸事在当年任职的上海嘉定县、河北灵寿县,以及他的故乡浙江平湖等地民间广为流传。老百姓的口碑是对陆稼书最好的赞美。清康熙十六年(1677),陆稼书在泖口顾野王读书堆三鱼堂讲学,建立了尔安书院,传播"仁义、孝德"理念,特别是他的《治嘉格言》中有关忠义诚孝、耕读礼道等思想影响深远。陆稼书除了为官之外,一生都以教书为业,从他写有"世上几百年旧家无非积德,天下第一等好事只是读书"的楹联,亦可看出陆稼书端正的传统文化意识,以及对家庭教育的重视。据考,此楹联最初出现在宋朝旧家门厅,"世间几百年旧家无非积德,天下第一等好事还是读书"。陆稼书改"间、数、件、还"为"上、几、等、只"四字,加重了楹联的语气。此楹联的手书稿,刊于1950年版无锡《陆氏文献》第38页,清稼书公遗墨。

二

"问渠那得清如许,为有源头活水来。"名门望族千百年来瓜瓞延绵,人才辈出,其源头活水是什么?

细品陆稼书"世上几百年旧家无非积德,天下第一等好事只是读书"一联,细读《陆氏世谱》《治嘉格言》,细考"三鱼堂"故事其久远内涵,给人留下了深刻的传统文化之韵味。

陆稼书认为:"凡人初念极好,转念便不好。""人之初,性本善。"意思是人最初的思想是好的,受到不良影响后,往往向坏的方面转化。只有有意识地培养和巩固初念,其人品才不至于歪曲,人生道路才会正确。要培养善念,多行善事,但"为善不求人知,求知非真为善"。一个人做好事应不求人知,无求人报,这才是做人应有的境界。若有意识地让他人知晓,便称不上是行善事,只不过是图虚名罢了。如何行善事,陆稼书讲得很具体,如君子要成人之美,"人有好事,切勿插入破句,自坏心地"。"亲戚有急难须多方救济",要体心行善,"亲友贫窘时见吾若难开口",便应施以援手,"默体其心，阴行善事"，救人困厄。对于下人，陆稼书认为也应关心体贴，平等对待。他认为："我为家主，如下人效于吾，务要体恤其饥寒劳苦。酒肉饭食再勿吝惜。若于农工，酒食尤宜加厚。不然一味掂斤播两，便非体统，且不近人情。"他还说："人肯于先生面上加厚一分，亲友面上用情一分，而于租户面上宽让一分，于奴仆面上薄责一分。此是现在功德，胜烧香万万也。"多行善事，功德远远胜过烧香。

陆稼书尊崇儒家"修齐治平"的学说，尤其重视读书子弟的道德自律，认为修身宜谨，立德要严。其《治嘉格言》中有众多的篇幅，论述人的道德自律和品格修养。多数言简意赅，没有长篇大论，但均源于现实生活与工作实际，或针对一些社会现象有感而发。此类论述不仅对文人士子有教育、鞭策和激励作用，对平头百姓同样有教育和警示作用。"修身"并非极难之事，关键在于自身的主观因素。要从小事做起，即时做起，渗透于日常生活与工作中。只要方向正确，持之以恒，便可收到明显的成效。

三

陆稼书对于读书思想十分明确，他始终坚持认为，读书无论是对个人还是对整个社会、民族都是一件好事。从个人角度来说，读书有助于修身；从家庭角度来说，读书有助于齐家；从民族层面来说，读书有助于传承民族文化，提升国民素质，增强国家软实力。

陆稼书秉承了先贤的认识，在他的教育理念之中，教孩子读书，放在很高的地位。在《治嘉格言》中，陆稼书的很多言论有所提及。"书香不可断。家无读书子，庭前气色寒。"他总觉得，一个家庭不可断了"书香"，一个家庭假如没有读书的孩子，门庭便"寒"！足见，其认为读书传家，乃家庭发达之本。所以，他非常珍惜书本，教育后人要珍爱书籍，更不可变卖。他说："父祖传下书籍，不知费几许心血，几许钱财，自当善藏。若吾不能读父书而轻卖，此不肖无耻之极。戒子孙切勿轻弃，留此以待后起之能读者。"他不但认为"读书人家不可轻弃书本"，而且时刻教育子女，不可"饱食暖衣，终日无所用心"，要做足做好读书的功夫。

中华文明的传承、创新与发展，与古人的爱书、写书、读书、刻书、藏书活动密切相关。"中国为世界上历史最完备之国家，举其特点有三。一者'悠久'。从黄帝传说以来约得 4600 余年。从古《竹书纪年》载夏以来，约得 3700 余年。二者'无间断'。自周共和行政以下，明白有年可稽。自鲁隐公元年以下，明白有月日可详。三者'详密'。此指史书体裁言。要别有三：一曰编年，此本《春秋》。二曰纪传，此称正史，本《史记》。三曰纪事本末，此本《尚书》。其他不胜枚举。"五千年中华文明得以绵绵不绝、继继承承、长存于天地之间，离不开祖先孜孜不倦的著书与读书活动。陆稼书崇尚提倡读书和弘扬良好的家风，他的"四书"学在内涵上遵循了朱熹的脚步，彰显了儒家思想的鲜明特色。

而有人认为，家风家训向来是大户人家的事，与一般百姓关系不大。这是一种误解，望族人家重家风，但家风并不只是大户人家的事。许多人家虽然没有专门家训，但也在潜移默化中形成了自己的家风，由此也构成了特色的家教文化。

陆稼书的另一副楹联"乐备礼明贤圣业，水流山静智仁心"，上联的"乐""礼"均为儒家六经之一，表明了儒家传统的读书做官观念；下联则表达了寄情于山水修身养性的美好愿望。

"身修而后家齐，家齐而后国治"，"自天子以至于庶人，壹是皆以修身为本"，"其本乱，而末治者，否矣"，"富润屋，德润身"，（《大学》）可见，道德是修身、齐家、治国之本。陆稼书深谙其道，并身体力行倡尚承继此种道统观。

"世上几百年旧家无非积德，天下第一等好事只是读书"，诚哉，斯言！希望更多的人亲近并走进陆稼书，学习陆稼书的《治嘉格言》，发扬其优秀的中华民族好家风，更进一步培育、弘扬好社会主义核心价值观，实现好每一个家庭的"中国梦"。

陆稼书三鱼堂的家训家规

今天我很高兴，能够参加这次泖水文化节闭幕式暨清官陆稼书诞辰385周年学术思想研讨会，并作研讨发言。感谢新埭镇的领导为我们提供这样一个面对面学习和交流的机会。

陆稼书是我们新埭镇的先贤，是我们新埭镇的骄傲。新埭百姓十分敬重这位先贤，缅怀这位先贤。早在几年前，新埭镇以"传统文化塑造新埭，新埭创新传统文化"的文化理念和"忠义诚孝，耕读理道"的泖水精髓，积极推进"人文名镇"建设，不断提升新型城镇品位，取得了卓越成效，可喜可贺！泖水文化研究会的成立和连续7年举办泖水文化节，真正体现了镇党委政府对家乡名人文化的重视，也切实体现了"挖出来、托起来、送出去"的泖水文化精神要求。

近年来，新埭泖水文化公园名人馆、稼书亭的开放；陆稼书家族祠堂的修缮；陆稼书墓地被列入5年修复计划，一系列的举措，是泖水后人对先贤陆稼书最好的纪念。2014年，平湖市陆稼书研究会成立，研究会本着"学习陆稼书、研究陆稼书、宣传陆稼书"的办会宗旨，积极组织会员开展了各种学习和研究活动，两年来已编印会刊《陆稼书研究》三辑，报纸两期。已经由吴越电子出版社正式出版了《陆稼书的故事》故事集，计划要出版《陆稼书的诗歌》、长篇历史小说《清官陆稼书》和传记《陆稼书传》，这将是我会通过研究陆稼书所作的一些小小的努力。

陆稼书被誉为"清朝天下第一清官"，也是清朝入祀孔庙的第一人，在浙江乃至全国产生了较大影响。陆稼书祖辈家规家教严明，他从小就耳濡目染，接受熏陶，把祖辈的遗训作为以后为人处世的准则，才养成了他刚正不阿、清正廉洁的民族风骨。陆稼书为官清正，品德高洁，深受老百姓爱戴。他的政绩逸事在当年任职的上海嘉定县、河北灵寿县，以及他的故乡浙江平湖等地民间广为流传。老百姓的口碑是对陆稼书最好的赞美。清康熙十六年（1677），陆稼书在泖口顾野王读书堆三鱼堂讲学，建立了尔安书院，传播"仁义、孝德"理念，特别是他的《治嘉格言》中有关忠义诚孝、耕读礼道等思想影响深远。

修身、齐家、治国、平天下，为中华传统美德。家庭为国家的细胞、社会之基础，家齐利于国治。党的十八大从坚持和发展中国特色社会主义的高度提出了积极培育和践行社会主义核心价值观的重大战略任务，这表明，我们党对建设社会主义核心价值体系从认识到实践达到了新境界。良好的公民个体道德素养、均衡的社会整体道德水平，是确立和完善社会主义核心价值观不可或缺的伦理环境。道德素养是体现社会主义核心价值观的关键所在。实践表明，践行社会主义核心价值观，至少在个人层面，要切实做到以阳光的心态面对人生、以辛勤的劳动创造生活；以感恩的情怀融入和回报社会；以实际行动来维护社会公德、职业道德、家庭美德、个人品德。

陆稼书《治嘉格言》中家训家规涉及的范围很广，但也不外乎颂孝悌、严教诲、敬师长、宜好学、尚勤俭、崇礼让、慎嫁娶、重丧祭等方面内容，具体列出了多达170条细则，每则中有的又有许多条款。虽然有的明显带有封建意识的偏见性和局限性，如指导人们去追求功名利禄，认为"机会不可失"，还有条款中流露出只许妇女服从丈夫的消极思想，但去除文中的封建意识糟粕部分后，仍有不少可取之处，其内容实实在在，读后感人。

颂孝悌方面有"慈爱率先"条款：做人一定要厚道，孝顺，慈爱为先。

严教诲方面有"三好三必"条款：男子好吃者必然贫困，男女好乐者必然遭殃……

敬师长方面有"尊师重傅"条款：处馆先生多半是贫困儒者，请先生训子弟，宾主师生四拜之后，是以子弟一生学术托付给先生，先生亦以子弟之才不才任为训教，岂不与父母一般的心肠？为主人者，绝不可欺先生是一个贫人，随意简慢，一定要致敬尽礼，朱墨笔砚铺陈，床帐、梳藏、牙刷、镜剧、灯台、面锣、手巾、脚桶、脚布、草纸，寒天脚炉、暑天浴桶，陈列在房。

宜好学方面有"字写法帖"条款：写字不临帖，则点画撇捺布置间架都没有格式，所以每日须模仿法帖几行，写得久了笔头就纯熟，若精神懈怠，随意落笔，便不成样子。

尚勤俭方面有"训女纺织剪衣"条款：贵族家女孩教学挑花刺绣，若贫困人家女孩只要纺织为主，纺得一筥纱，织得一匹布，或卖几多钱，或做一身穿，很受用。不然的话则习惯性懒惰，很悲哀。

"整旧维新"条款："修补旧衣裳，收拾旧鞋袜，雨天替换。"

崇礼让方面有"不要向人称能"条款：你虽然十分能事，犹其要当谦让，断不可议论风生，向人前称能，使人鄙视为油嘴滑子。

其余的"孝敬外有六德——不怨家境贫困，不嫌夫丑，不放私债；近仁四端——亲朋有急难须多方救济，儿女过失须著实切责；十思——逢食思亲、遇节思亲、饥寒思亲、疾病思亲、安乐思亲、忧患思亲、嫁娶思亲、诞日思亲、出身思亲、养儿思亲"等，在内容和意义上也都有其积极和可取之处。在对待妇女态度方面，陆稼书比较同情和体谅妇女。

陆稼书《治嘉格言》中的家训家规，是先贤培育良好家风行之有效的方法，是泖水当下"行教、清廉、守法"的楷模。我们挖掘整理以及研究本土先贤陆稼书之遗训，这是弘扬优秀传统文化的重要方式，也是践行社会主义核心价值观的生动体现。

新埭是一座文化底蕴深厚的江南古镇，源远流长的泖水养育了一代又一代勤劳善良、纯朴聪慧的泖水人。陆稼书三鱼堂的家训家规，不只是陆氏家族本身的精神食粮，同样也是整个社会、整个民族以及全人类的共同财富。让我们牢记先贤陆稼书的谆谆教导，不做蝇营狗苟的"小我"，而做利国利民的"大我"，为开创泖水美好未来而尽心尽力。

陆稼书的太极论

教书育人，传播理学，这是陆稼书一生的追求。

陆稼书出身于书香门第，从小聪颖，6 岁入学，塾师彭元端见稼书端重而不轻佻，以为可成大器。陆稼书 11 岁即能背诵《左传》，21 岁开始在嘉善蒋玉宣家做塾师。陆稼书 10 年为官，30 年授业解惑，学习、研究、传道始终贯穿着他勤勉清廉的一生。

我们知道，文化的精髓在于其思想和哲学。在我们的传统思想和文化哲学里，有一个词，不仅是先贤经验智慧的结晶，还具有一种洞穿万物本性、直抵宗教灵修的深邃。

这个词叫"太极"。

太极，乃是中华民族优秀传统文化经典《易经》天人合一学说中的一个哲学命题，囊括了《易经》天人合一学说中"无极、太极、两仪、三才、四象、五行、六合、七星、八卦、九宫、十精"的全部内容。

太极哲学到底有哪些内涵？大致说来，太极之广大无边，不逊任何一个概念。《庄子大宗师》阐述："在太极之上而不为高，在六极之下而不为深，先天地生而不为久。"难怪太极在中国哲学界被视为思想的元（最高）范畴。太极包括但不限于万象，这里主要是指空间的无限性。

《周易系辞传》："是故易有太极，是生两仪，两仪生四象……"邵雍《皇极经世》："太极者，一也，不动；生二，则神也。"朱熹《太极图说注》："太极，形而上之道也。"吕坤《呻吟语·天地》："有在天之先天，太极是也。"天地生生，皆始于太极，犹如圣经中创世的上帝。《周易郑玄注太极》："淳和未分之气。"王廷相《太极辩》："造化自有入无，自无为有，此气常在，未尝渐灭，所谓太极。"此说对太极拳气论影响较大。

朱熹《朱子语类》："事事物物皆有个极，是道理极致。总天地万物之理，便是太极。"冯友兰《新理学》第二章："所有之理之全体，我们亦可以之为一全而思之。此全即是太极。……总括众极，故曰太极。"又："太极即是众理之全，所以其中是万理俱备。"可见，太极就是至理，由于至理在哲学上与至善相通，太极同时也与至善相同。

李二曲《锡山语要》："人当未与物接，一念不起，即此便是无极而太极。及事至念起惺惺处，即此便是太极之动而阳。一念之敛处，即此便是太极之静而阴。"陈氏太极拳理论家陈鑫的太极拳论中有关心静用意的部分可能就得益于此。

太极的最高境界是理学。

陆稼书的理学思想继承了孔孟之道，以程朱为儒学正宗，认为孔孟之道至朱熹而大明。陆稼书从朱熹"人人各有一个太极"的命题出发，论证此说"不在乎明天地之太极而在乎明人身之太极"。陆稼书承袭了朱子以理为太极的理本论思想，是典型的朱子理学的继承者。

陆稼书《太极论》：

论太极者，不在乎明天地之太极，而在乎明人身之太极，明人身之太极，则天地之太极在是矣。先儒之论太极，所以必从阴阳五行天地生物之初言之者，惟恐人不知此理之原，故遡（溯）其始而言之。使知此理之无物不有，无时不然，虽欲顷刻离之而不可得也。学者徒见先儒之言阴阳、言五行、言天地万物广大精微，而不从吾身切实求之，则岂前贤示人之意哉！夫太极者，万理之总名也。在天则为命，在人则为性，在天则为元亨利贞，在人则为仁义礼智。以其有条而不紊则谓之理，以其为人所共由（刘注：汉字以"共由"为"黄"）则谓之道，以其不偏不倚、无过不及则谓之中，以其真实无妄则谓之诚，以其纯粹而精则谓之至善，以其至极而无以加则谓之太极，名异而实同也。学者诚有志乎太极，惟于日用之间时时存养，时时省察，不使一念之越乎理，不使一事之悖乎理，不使一言一动之踰（逾）乎理，斯太极存焉矣。其寂然不动，是即太极之阴静也；感而遂通，是即太极之阳动也。感而复寂，是即太极之动静无端，阴阳无始也。寂然之中而感通之理已具，感通之际而寂然之体常在，是即太极之体用一原，显微无间也。分而为五常，发而为五事，布而为五伦，是即太极之阳变阴合，而生水火木金土也。以之处家则家齐，以之处国则国治，以之处天下则天下平，是即太极之成男成女，而万物化生也。合吾身之万念万事而无一非理，是万物统体一太极也。即吾身之一念一事而无之非理，是一物各具一太极也。不越乎日用常行之中，而卓然超绝乎流俗，是太极之不乎阴阳，而亦不杂乎阴阳也。若是者，岂必远而求之天地万物，而太极之全体已备于吾身矣。由是以观天地，则太极之在天地，亦若是而已。由是以观万物，则太极之在万物，亦若是而已。天地万物，浩浩茫茫，测之不见其端，穷之莫究其量，而莫非是理之发见也，莫非是理之流行也，莫非是理之循环而不穷也。高明博厚不同，而是理无不同也。飞潜动植有异，而是理无异也。是理散于万物，而萃于吾身；原于天地，而赋于吾身。是故善言太极者，求之远不若求之近；求之虚而难据，不若求之实而可循。故周子太极图说，虽从阴阳五行言之，而终之曰："圣人定之以中正仁义，而主静立人极焉。"其示人之意亦深切矣！又恐圣人之立极，非学者可骤及也，而继之曰："君子修之，吉。修之为言，择善固执之谓也。"而朱子解之，又推本于敬，以为能敬然后能静虚动直，而太极在我。呜呼，至矣！先儒之言，虽穷高极深，而推其旨，不过欲人修其身，以治天下国家焉耳。学者慎无骛太极之名，而不知近求之身也。

以上全文引自徐世昌等编纂，沈芝盈和梁运华点校之《清儒学案》（第一册）第467、468页（中华书局2008年10月第1版，2008年10月北京第1次印刷），这是陆稼书关于太极论述之经典，借以阐明封建的伦常道德是所谓之天理。

陆稼书为了发扬朱子的理学，他强调理为太极在宇宙万事万物间的重要性。首先，陆稼书认为"太极"乃"理之别名非有二也"（《问学录》卷三引薛瑄语），即"理"与"太极"属相当范畴，皆形上本体，是气存在之根据，而并非气之运行规律，故在此意义上是无法推知其有唯气论倾向的。其次，他承朱子意，认为"朱子《易本义》以阴阳之变解'易'字，以阴阳之理名'太极'，则太极为易之本，明矣（《三鱼堂剩言》卷一），进而谓（蔡渊）解'易'字作'无极'字，则易反在太极之先矣，岂不大乖乎（《三鱼堂剩言》卷一）"。简言之，在他看来理（太极）是宇宙中最高范畴之存在，其发运流行要通过阴阳之变来实现，理（太极）为发运流行之体，气为发运流行之用。理气在实存上虽同时同地而具，但理是气运行的本体与根据。

陆稼书认为，体现天地万物发展规律的"天道"就存在于人伦日用的"人道"之中，宋儒之所以讲太极为万化之根，讲五行一阴阳，阴阳一太极，大讲抽象的理性思辨，这是唯恐人们不了解"理"的本原，并不是让人们只去追求天地之太极。他主张讲"天地之太极"的天道，目的在于树立"人伦之太极"的人道，天道与人道是合一的，讲天地之太极最终还是要落实到人伦之太极上来。因此，明人伦之太极，才是学者的学问所在，并以此作为自己平时躬行践履的指南，从而做到"不使一念之越乎理，不使一事之悖乎理，不使一言一动之逾乎理"。使自己的一言一行都符合封建社会的统治秩序和伦理秩序，只有这样才能达到儒家修身齐家治国平天下的人生理想。

陆稼书把太极由"虚"向"实"的引导，无疑是与他生活的那个时代实学思潮的普遍影响有关。

陆稼书的孝廉与方正

　　平湖先贤陆稼书（1630—1692），名陇其，字稼书，新埭镇泖口人。清康熙九年（1670）进士，为官清廉，出行办公不坐轿而以毛驴代步，故有"毛驴县令"之称。他虽为官不长，却孝廉方正、奉公尽职，刚健笃实，备受百姓称颂；虽为官不大，但在百姓、官员乃至皇帝心目中的地位却很高，因为，他有高尚的孝德和高洁的人格。

　　陆稼书崇尚孝道，曾作《治嘉格言》，内容含教子读书写字、羡有佳儿、父祖荣辱所关、读书一生受用、切勿失足衙门、守身孝子当留心、孝亲敬长、慈爱率先、真孝真悌、亲睦三族等154项。他的《崇明老人记》，实录"百龄夫妇齐眉，五世儿孙绕膝"等家庭和睦、孝敬老人的民间实事。平湖、嘉定稻作地区，至今还流传着"种好黄秧，望望爷娘"的民间习俗。农忙一过，出嫁的女儿裹粽子、买蹄髈、水果和滋补品回娘家看望父母。

　　陆稼书从小遵其父训："贪与酷皆居官大戒，然贪而酷，人皆恶之，若自恃廉谨而刻以绳人，人慕其风节，竞相仿效，祸不可言矣。"他奉程朱为儒学正宗，强调"居敬穷理"为要，认为穷理而不居敬，就会玩物丧志，学问会流于支离破碎；居敬而不穷理，就会缺少见识，不分善恶，达不到师心自用的境界。他说："世上几百年旧家无非积德，天下第一等好事只是读书。"并终生将"养心、敬身、勤业、虚心、致诚"五箴奉为信念。

　　陆稼书的廉，可以说一尘不染、一介不取。据《广阳杂记》记载：陆稼书在嘉定为官时，"食米均载自平湖，署中隙地种菜，夫人躬身织纫，官舍闻机杼之声"。为官清廉是做官的第一品格。陆稼书认为：官吏的清廉与否决定着国家治理的好坏。为官一任、造福一方是陆稼书以民为本的具体体现。作为地方官，陆稼书最突出的表现是勤于政务、恪尽职守、为民着想、为民解忧。陆稼书把"此身苟一日之闲，百姓罹无涯之苦"作为自己的座右铭。

陆稼书整顿吏治践行节俭。他为了节约支出，缩编衙役，对抬轿、掮行牌的人员进行精简，并废除陈规陋习，一切日用自备；凡雇乘之舟车，必付给报酬；他还规定公差下乡办事，不得白吃。一次，一个差役回来，陆稼书因见他办事迅速奖他吃饭。差役早已吃得醉饱，再吃陆大人的酒饭，酒醉大发，呕吐满地。他酒醒后陆稼书说，身为公差，鱼肉乡里，立即撤职。

陆稼书秉性耿直，素不受人财礼，也从不给上司送礼，逢年过节，仅书信过问而已。江苏巡抚慕天颜寿诞，所属各州县争献珍贵礼物，陆稼书只送书扇一柄、竹筷二十双、家织紫花土布两匹、麻筋鞋两双，说："这是内眷自织，非取诸民，谨为公寿。"后来，他又因力阻慕巡抚苛政，得罪上司被削职罢官。

罢官后，陆稼书独坐三鱼堂，阅读先儒理学诸书。

清康熙三十一年（1692），陆稼书无疾而终，享年 63 岁。两年后，康熙点名选用陆稼书出任江南学政，相国王熙说："陆稼书已在前年冬月病故。"康熙嗟叹："本朝这样优秀的人才，已不可多得了！"清雍正二年（1724）陆稼书从祀孔庙，清乾隆元年（1736）被追谥"清献"，加赠内阁学士兼礼部侍郎衔。

陆稼书一生孝廉方正，诲人不倦，给后人起到了传承和感化的效应，对地域风俗习惯的形成也起到了潜移默化的作用，至今历久弥新。

陆稼书馆于倪氏凡七年

江南地方名门望族注重家学传承，传统庭训是营造家风的基础。为提高家族文化水平，扩大影响，平湖世家大族也非常重视延师教子。

清康熙二年（1663），时年 34 岁的陆稼书应邑中举人倪钟瑞之延请，来到城北水洞内富户倪氏馆任塾师，以程朱学说教书授徒，教授倪钟瑞的儿子倪淑则。

倪氏世居平湖清溪（今平湖林埭），为清溪之望族。据史书记载，明代倪氏在清溪建立自己的宗祠，为平湖境内最早的祠堂之一。明中期倪壮猷在《倪氏宗祠记》里写道："吾倪氏在两浙为望族，子孙繁衍，先祠在江南者不一。其汉唐宋显著者详具旧祠记，当湖之祠则自博士保一公始创，而圮者再。吾先比部郎中闲斋公复新捐田若干亩，建室九楹，后予备兵黔中，伯子钟醇召僧园宗守焉，予又捐资建堂三楹，而门庑称是。"

伴随家族的兴盛，倪氏在明清时期人才辈出，家族中考取进士 4 人、举人 10 人，明代最早发迹为倪辅，字良弼，明天顺八年（1464）进士，是平湖建县后考中的第三名进士。

倪维城，字北钥，邑生，出赘陆氏，与妻弟陆长庚一起读书，相互砥砺。明崇祯元年（1628），倪维城因德高望重，选为乡饮宾。年 90，赋落花诗一章而卒。

倪维城的儿子倪钟瑞（号吉甫），三次被选为乡饮宾，明万历四十六年（1618）省试中为举人。倪钟瑞温厚好义，晚年延请陆稼书至家训子淑则，与陆稼书相得甚好。陆稼书尝以其言笔之随记。年谱略曰：吉翁云，"游戏之言，断不可出诸口。尝记永则戒人曰：莫道是诙谐，其实是轻薄。此至言也。况在我无心之言，或犯人所忌，便恨不能忘。尝见朋友往往有以此成隙者，甚可惧也。中正之士，一涉诙谐，人便轻忽，其亦何取于此哉。亦有静穆之士，见众诙谐，便为效颦，不知守吾静穆，未尝不可见重于人，何必学此轻薄。乃为和众耶？"又云："人之作孽，莫甚于口，我阅人多矣。（吉翁时年近九十）见言语尖酸者，罕有不逢天谴。如县西中丞公之后，贤否不一，今其子孙显者，其祖父皆木讷者也。惟瞻开最利口，而今已绝矣。嗣端之无后也，其亦由此乎！故人惟若拙若讷为贵。即真讷真拙亦何病乎？吾在二十年前，见能意者常白耻不如，自今思之，亦正赖其不如也。"又云："圣人论孝曰色难，当亲心兴己有不合之时，色为尤难。孝道至广，凡一举一动，不合于理，为人所嫌，诟及父母，其可惧也。"又云："昔赵渐斋乘轿出，至时家湾，偶触一秀才，其人大骂。渐斋出轿，从容敬谢之，骂犹不止。从者皆不能平，渐斋惟自谢过而已。后数日，骂者犯人命，渐斋闻之曰：吾累之矣！使吾稍与之计较，其人当自戢，不至于此。"先生曰："可见惟知含忍，犹非盛德事。盛德者，必和颜色，至诚以教诲之。"又云："施存梅为诸生时，村居读书，尝以糖食粉团，误蘸砚墨。食竟，面尽墨，不知也。"先生又云："此虽不可为训，然亦可想见前辈用心之专矣。"后人吴光酉按语，倪钟瑞说的话，都是城中的人和事，陆稼书把它记下来，作为一种文献资料保存，以聊备文献残缺之憾。

清中后期马承昭在《白榆村舍记事稿》中"陆清献逸事"记载："公为诸生时，馆邑中水洞埭倪氏，馆谷所入，仅米十石而已。尔时石米值钱八九百文，一岁不满十千之数。某仰公名，愿加脩脯若干，订来岁之约。公曰：'余家薄产尚可供饘粥，馆谷不求多也。'力辞之。"

陆稼书在倪氏家任塾师，所获酬金非常低，也就是每年"仅米十石而已。时石米值钱八九百文，一年不满十千之数"，即每年的收入都不到十两银子。有人仰慕陆稼书学问，愿加薪出高价在下一年请他，不过都被陆稼书拒绝了。"余家薄产尚可供饘粥，馆谷不求多也。"陆稼书说自己家里还有一点薄田，教书不求酬金的多少，他仍愿意留在倪氏执教。由此可见，金钱对陆稼书来说并不重要，薄产供粥就可。

清康熙五年（1666），37岁的陆稼书中举乡试，这年冬天他北上入京。第二年春天，陆稼书会试不第，仍归馆于倪氏。

倪氏钟瑞一生善举颇多，乡人众议集资浚河，让仆人转告主人倪钟瑞，仆人不愿转告。倪钟瑞得知情况后，骂仆人说："门前河，吾家事也，而烦诸君用心耶"。令仆人负荆请罪，并以钱分发诸人。倪氏有大竹园，春季，有小娃偷笋事，倪钟瑞不但不驱赶，还送笋到家。倪钟瑞的宽容慈爱一度被传为佳话广泛流传。

倪钟瑞一生孝廉，享年90余岁。他的儿子淑则，字贻孙，岁贡生。平湖县志《张志》《王志》《彭志》均有传记："倪淑则，字贻孙。岁贡生，陆稼书弟子。早丧母，事父钟瑞至孝，稼书为生员时，钟瑞延训淑则，宾主相得甚欢。稼书授淑则以《小学》《近思录》等书，淑则恪守师说，默识躬行，又邃以经学。生平睦族周贫，邑称长者。年七十一临殁，训子以读各经注疏、朱子纲目，语不及他。"县志又引吴光酉《陆稼书先生年谱》云："邑孝廉倪吉甫延先生训其子淑则，馆于倪氏凡七年，淑则得先生指授，谨守家法，为及门之冠。"

倪淑则之子倪哲林，字幼贞，监生，州同知衔。平湖《高志》《张志》《王志》《彭志》均有传记："父淑则受业清献，哲林笃学励行，奉清献为师。尝校订清献《大全》《小学》诸书，镂板行世。东湖水势湍急，陆扬桥尤为西南要冲，捐资千余金，改建石梁，行旅至今赖之。"倪哲林作《述言》曰："壬申春，予始登先生堂，得饫闻教海，觉语言动静，事事可师，又皆出于自然。所谓如饮醇醪，不觉自醉，不足为喻。见周茂叔，如光风霁月，仿佛似之。"

倪哲林之子倪耀曾，字凤超，号云根，候选州同。平湖《路志》《彭志》也为他立传，说他"有义行懿德"，又说他"善写兰，与魏塘曹庭栋齐名，又善鼓琴，非知己不得闻"。又有笔记说他曾得北平韩石耕所遗蛇腹古琴，与《霹雳引》曲子，爱不释手，故不事生产，生五子俱不肖，家遂败。

马承昭也在有关书籍中提到倪氏。马承绍记述，"北水洞内倪氏，前明洪武时发迹，累世富盛。康熙初，陆稼书馆于其家，日记中所称吉翁者名钟瑞号吉甫，其主人也。吉翁之后，乾隆时有凤超者，家犹巨富，有金库银库"。"后来，凤超所生五子皆不孝，第四子字琴堂，酣于赌博，一人以五千金求博，琴堂以某所房屋作抵值埒，一掷得枭，其房即属他人，其三子亦与琴堂相类，家骤贫。"从这段文字中我们可以了解到，一是倪氏为邑巨富，有能力延聘当时名师陆稼书至其家为塾师，又据吴光酉《陆稼书先生年谱定本》记载，陆稼书"未遇时，馆于邑中倪氏者最久"；二是倪氏兴旺时间持续到清中期，这在平湖众多名门望族中时间也算长的。

　　陆稼书在倪家教书 7 年，注重师徒传习，以传播自己的理学思想为主要目的，最终有益于形成由理学宗师与弟子组成的具有宗派色彩的文化群体，积极影响了当时清溪这个地方的学风与文风。

陆稼书的教育思想

陆稼书，初名龙其，后改为陇其，浙江平湖人，清代初期政治家、理学家、教育家、文学家。生于明崇祯三年（1630），死于清康熙三十一年（1692），活了63岁。史书记载，陆稼书为唐代著名宰相陆贽之后裔，"世以清献（引者注——陆稼书）为吴越间望族"。因居浙江当湖，而明代当湖又析出平湖县，也就是嘉兴府，而陆稼书所居之地归于平湖，因此，学者称之为"平湖先生"或"当湖先生"。学术专宗朱熹，排斥陆王，被清廷誉为"本朝理学儒臣第一"，与陆世仪并称为"二陆"。卒谥清献，从祀孔庙。

陆稼书出生在历代官宦家庭，幼年时代曾受过很好的家庭教育。虽然在明末清初历经社会动荡与战乱，在艰苦流离中，朝不保夕仍得在其父亲的教导下，刻苦读书，为一生奠定了良好的教育基础。当然也历练出他正直端方的品行和素质。

清康熙九年（1670），陆稼书考中进士，十四年（1675），当了江南嘉定知县。二十二年（1683）调任直隶（今河北省）灵寿知县。在两任县官期间，陆稼书为官清正，成绩卓著，尤其以嘉定的治理成绩最好，被评为全国第一。二十九年（1690）吏部各科需要人才，陆稼书被推荐为清廉官，授予四川道监察御史，但任期不过一年多，就被罢官回原籍了。总计陆稼书的政治生涯约11年，包括两次任知县，8次任御史。他的官路并不发达，当陆稼书考中进士时，年已41岁，调任御史时，年已61岁。

陆稼书的教育生涯长于他的官场生涯，共有31年，从他21岁到老死为止，除去当官的时间外，其余全部岁月用于私人讲学。就是在做官的年代里，他也没有完全脱离教育生活，如在灵寿知县任内，还制定有关讲学条例，编有《松阳讲义》，可算是一个忠诚于教育事业的人。综观陆稼书的教育思想，主要表现在以下四个方面，本文权作一浅要探析和论述。

陆稼书的童教：以《小学》为基础，以"濂、洛、关、闽"之书为根本

陆稼书很注重儿童教育。他认为，教育的宗旨是"崇尚实学，培养淳风"。要培养社会的淳朴风气，必须要社会上的一般知识分子都循规蹈矩，讲求实学，以为人表率。但是，要社会上的知识分子循规蹈矩，讲求实学，就必须在平时养成这种习惯。而这种习惯的养成，关键又在儿童时代，所以儿童时代的教育是很重要的。

那么，对儿童应教些什么呢？陆稼书认为，教育儿童的办法必须以《小学》为基础，以濂溪学派（周濂溪学派）、洛阳学派（程颢、程颐学派），关中学派（张载学派）、福建学派（朱熹学派）的书为根本，以先王淳厚朴实的文字为限度，使他们从儿童时代就知道谨守先圣先贤的道理。也就是对儿童进行仁义中正的教育，让他们的一切言语行动都符合规矩准绳而不得超越。如洪水虽然汪洋浩渺，但不得逾越其堤防。这样一来，文风自然而然会正，风俗也会自然而然地淳厚了。陆稼书曾说，每当他教儿童作文的时候，未尝不战战兢兢，唯恐一句不正确的话引偏了他们的思想，日后大大滋长，像草木那样茂盛，那就不可救药了。因此，他认为应当把儿童的思想囿于仁义范围之内，不应当扩充于仁义范围之外。由此可以看出，陆稼书教育儿童的办法是立一个标准，叫他们去遵守，规定一个不可逾越的范围，让他们在里面去活动，使儿童循规蹈矩，做封建王朝的好学生，长大成人讲求实学，不放诞生猖狂，不犯上作乱，这就是陆稼书的教育精神所在。

陆稼书的家教：以程朱为导向，以《治嘉格言》为准则

陆稼书对儿子的教育颇有特点。陆稼书学宗朱熹，其家教也以程朱为导向。

陆稼书提倡为学应"近求之身"，也就是理论要联系自己实际，要付诸实践。他认为："论太极者，不在乎明天地之太极，而在乎人身之太极。"他

说，所谓太极是万理之总名。在天则为命，在人则为性；在天则为元亨利贞，在人则为仁义礼智。"学者诚有志乎太极，惟于日用之间时时存养，时时省察，不使一念之越乎理，不使一事之悖乎理，不使一言一动逾乎理，斯太极存焉。"

从这种观点出发，他尖锐地批评在科举制度下追求利禄、言行不一的学风，批评科举制度下的家教弊病。他指出，当时士子"方其执笔而为之，所言者无非仁义也，而孰知言仁义者之背乎仁义也？所言者无非忠信也，而孰知言忠信者之背乎忠信者也？"言行相脱离是科举制度下的一大弊病。这种弊病也影响到家庭教育，父兄教子弟都围着科举指挥棒转："方其幼也，既未尝习之于洒扫应对，朱子所辑《小学》一书，常束之高阁，不使寓目。虽日读孔孟之言，不过以此为利禄之阶梯，未尝知其必可行，不可不行也。稍长，教之为文，则挑其心机，奖其浮华，惟以惊人耳目为能事，不问其虚诞不虚诞，通经学不通经学也。侥幸一第，则便以为学成，不复知人间尚有当读之书、当为之事。然则风俗之不端，士习之日坏，岂非自童子时始哉？"

为了摆脱科举制度对儿童学习的影响，他向儿子提出"读书明理、学贵精熟"的学习目的和方法。他对大儿子定征说："我虽在京，深以汝读书为念。非欲汝读书取富贵，实欲汝读书明白圣贤道理，免为流俗之人。"这是他的学习目的论。为此，他教诫儿子，要将所读之书句句体贴到自己身上来，言行一致。否则，"读书自读书，做人自做人，只算做不曾读书的人"。至于读书方法，他教儿子："读书必然以精熟为贵。……欲速是读书第一大病，工夫只在绵密不间断，不在速也。能不间断，则一日所读虽不多，日积月累，自然充足。若刻刻做潦草工夫，此终身不能成功之道也。"要求将所读经书都背出来。关于所读的内容，陆稼书说，应以儒家经典为主，八股文虽不能不看，然而只需看其规矩格式，不必将全力用于此。总之，"读书要将圣贤有用之书为本，而勿但知有时文；要循序渐进，而勿欲速；要体贴到自身上，而勿徒视为取功名之具"。

陆稼书所说的精读精思、循序渐进的读书法，对于扎扎实实地学好基础知识是很有用的。但是在信息量激增的情况下，要求所学的内容均熟读成诵显然是不可能，也是不必要的。

《治嘉格言》是陆稼书家教的准则，《治嘉格言》170多条细则，涉及的范围很广，有颂孝悌、严教诲、敬师长、宜好学、尚勤俭、崇礼让、慎嫁娶、重丧祭等内容。陆稼书除了在理论上有所阐述外，而且身体力行，从自己做起。

传说陆稼书在灵寿当县令的时候，有一天，一位老妇人来告她的儿子不孝，那是一个未成年的男孩。

陆稼书对老妇人说："我还没有小仆人，你的儿子可以暂时来帮忙，如果我找到合适人选了，我就给他施用杖刑然后遣送回家。"从此以后，这位少年每天侍奉在陆稼书左右。每天早晨，陆稼书都恭候在自己老母的门外，等母亲起来了，就照应着母亲洗漱、吃早饭。午饭的时候，他在旁边服侍着，时常逗母亲开心；母亲吃完了，他才吃剩下的东西。晚饭也是这样。如果有点空余时间，就陪母亲说笑，讲些故事让母亲高兴。母亲稍有不适之感，立刻找医生，买药煎药，几夜不睡也不知道累。这样过了几个月，这个少年跪在陆稼书面前，请求回家看望母亲，陆稼书问："你不是和母亲不和，为什么还要看她呢？"这位年轻人哭着说："过去我不懂事，对母亲不好，现在好后悔啊！"于是陆稼书让他们母子相见，两人抱头痛哭。少年和母亲回家后，与以前判若两人，后来因为孝顺在乡里闻名。

陆稼书的《治嘉格言》虽然略带封建意识的偏见性与局限性，但是仍有不少可取之处，即使在今天，也是值得倡导的。

陆稼书的成教：以理学为天下大道，以德化人

陆稼书对于成教，始终强调理学是天下之大道，人生之根本。他力求移风易俗，为生民确立精神支柱。因此，他在德治百姓的过程中，发挥了起衰振颓的重要作用。

清康熙十四年（1675），陆稼书在江南嘉定当知县时，生活简朴节俭，坚持教化为先，德理为重，宣传树立良好的道德风尚，常常下乡对乡民直接宣讲，鼓励乡民为善。

遇到父亲告儿子，陆稼书便含着泪进行劝说，以至儿子搀扶着父亲而归，从此很好地侍奉。遇到弟弟告哥哥，便调查出挑唆者施以杖刑，以至兄弟二人都很感动悔恨。一些品行恶劣的青少年勾结行恶，陆稼书便给他们戴上枷在路口示众，看到他们悔过了才释放他们。有一富豪家的仆人夺走了砍柴人的妻

子，陆稼书派差役将他逮捕治罪，使富豪改变了以往的行为成为善人。遇到官司，陆稼书不用差役去逮人，属于宗族内部争讼的，便以其族长去治办，属于乡里争讼的，便靠里老去治办。有时也让原告、被告双方都到县衙来进行调解，称为"自追"。

陆稼书深受儒家思想影响，孔子"不教而杀谓之虐"、孟子"省刑罚"的思想都对他影响很深，听讼时重教恤刑，收到了良好的办案效果。

凡抓到小偷，陆稼书就问道："你也是有良心的人，为什么会做这样的事呢？"小偷回答："小人是被贫苦所逼迫的。"陆稼书说："这不难，现在比较好挣钱的莫过于纺纱织布了，且人人能干。"随即命人买来棉花，让小偷坐在堂右，教会他纺纱织布的技术，并对小偷说："你学会纺纱织布就放你，如果学不会，就说明你是因懒惰才去当小偷，罪要加倍。"小偷无不希望尽快被释放，没几天就学会了。陆稼书又说："这纺纱织布的本钱不过一百多钱，现在几天内循环流转，已经赚了许多钱，除去你吃饭之外，还剩余几百钱，你回去靠此营生过日子吧，如若再犯，绝不饶恕！"小偷们都感动得哭泣而去，绝大多数能悔过自新，重新做人。对少数重新犯罪者，陆稼书就处以杖刑后，在堂上教他纺纱一个月；对第三次犯罪者，陆稼书就说："这是不肯悔改了。"命差役挟其急走千步，灌其一碗热醋，等其喝到一半时，猛拍其背部，从此患上终身不治的咳嗽病，使其再也不能为贼。

清康熙二十二年（1683），陆稼书调任河北灵寿知县，灵寿土地贫瘠，百姓贫困，劳役繁多，而民俗轻薄。陆稼书向上司请求，与邻近的县更换服役，可以轮流更代。陆稼书实行乡约，视察保甲，多发文告，反复教育百姓，务必去掉好争斗和轻生的习俗。

陆稼书日常断案理狱，也念念不忘以德化人。据《陆稼书先生年谱》记载："先生折狱，不尽拘于律。听断时，孝悌忠信之言，不绝于口。和平恻怛，以至情相感动……故两造虽以曲直分胜负，而感恩则同。"即使对为非作歹的盗贼，他也不放弃以德感化的教育方式，促使他们幡然悔悟。他曾作《劝盗文》到监狱中宣读："你的妻子在家里悲啼，你的父母在家里痛哭……然天地间人也没有一定，苦海无边，回头是岸……努力！努力！"听了《劝盗文》，罪犯心灵受到强烈震撼，无不痛哭失声。

陆稼书的官教：以《读书分年日程》为准绳，以圣贤书为根本

陆稼书教诸生治学，他主张必须以程端礼《读书分年日程》为准绳，以圣贤有用之书为根本，以精熟为贵，循序渐进，且当身体力行。言圣贤之言，行圣贤之行。

陆稼书在嘉定为官期间，十分重视对选拔进署为官者的教育。《莅嘉遗迹》有这样的记载："公季试选拔皆实学，发案后传集前 30 名进署，曰：'吾闻试卷，各有所长，但义理精深，学问无穷，必须讲贯始无歧惑。吾公余可以话文谈道。诸生童在家读书者竟到署中，即处馆而不专藉馆谷者，亦可另荐友朋代职同到署中，吾有一定课程至以训蒙。糊口者不必勉强，发题附课可也。或不时来署听讲亦有裨益。我虽清况，尚可供给，年终或贴两三担米。贫士不必破费，我既忝为父母师长，尔即我之子弟。不在此区区微物也。'由是进署读书者二十余人。公每日讲解，各生质疑辩难，竟与塾师无异。"

陆稼书还十分透彻地阐明学习读书中的"无疑和有疑"的辩证关系。他在与诸生讲课时说"无疑"看到"有疑"，"有疑"看到"无疑"。此二言揭尽读书之法。何以"有疑"，在慎思，思之弗明弗措也；明以"无疑"，在明辩，辩之弗明弗措也。书犹米也，如此看去，方煮成饭咀嚼之而有味，餍饫之而得饱。

陆稼书在灵寿县任知县时，对为官者的教育更加严格，经常至学宫讲书或述先儒注解，或逢抒所见，以示诸生，积久待 118 章，留下了今天人们所推崇的著名的《松阳讲义》一书。"此编于学术醇疵，再三致意。其间融贯旧说，亦多深切著明，剖析精密。盖朱子一生之精力尽于《四书》，陇其一生之精力尽于《章句集注》。故此编虽得诸簿书之余，而抒所心得以启导后生，剀切详明，有古循吏之遗意。较聚生徒、刻语录以博讲学之名者，其识趣固殊焉。"

陆稼书即便被罢官回归泖口故里，他仍闭门读书，布衣蔬食，以讲学为己任。后去东洞庭山讲学，入门弟子从之者甚多，未见其厌倦之心，为了能更好地教书育人，陆稼书想到了为四面八方前来学习的弟子安排住宿，由此在泖口建立著名的尔安书院，当时的尔安书院简直是为官者的黄埔军校。

结　语

　　《莅嘉遗迹》记载了这样一件事：陆稼书在嘉定为官时，一次因办公事到乡下，听到学生堂读书声，曰："瓢不瓢哉"乃系《论语》中"觚不觚哉"之句也。陆稼书呼其老师问之，才知其为客籍人。做生意亏本，不能回家。故在这里训蒙糊口。陆稼书了解后语："你弃本业，既已经自误，而又滥叨塾师，又复误人子弟矣。"遂给盘费，令其回籍，仍做生意。

　　由此可见，陆稼书的教育思想是贯穿他终生的。他一生的教育理念是：读朱子之说，是为完善自己的人生。

　　陆稼书作为一名教育家，应该说在他那个年代，的确是不可多得的杰出人物。他为我们后人留下了影响深远的教育理念和指导思想。尤其是他那高尚的人格魅力和洁身自好的优秀品德，是我们所有现代人接受教育学习的典范。这种精神可以超越时代，启示着后人如何做一个对于国家、对于社会有用之人，如何实现自己的完美人生轨迹而无憾无悔。

陆稼书题吴彬《寒山夜读》

《寒山夜读》是明朝著名画家吴彬的山水画，高 96.5 厘米，宽 45.6 厘米；钤印：文中、臣彬印、吴；题识：织屧生吴彬写于虎邱。陆稼书（1630—1692）题：琼台耸碧落，玉槧森寒空。清康熙二十四年（1685）冬，当湖陆陇其题。钤印：陆陇其稼书氏；鉴藏印：香叶草堂、南皮张氏可园收藏庚壬两劫所余之一、式九大利、第三品。

在中国嘉德 2010 年秋季碧湖山庄专场拍卖会上，此画被估价人民币 150 万元起拍，结果无人问津没有成交，最后流拍。

吴彬（1550—1643），明代万历天启年间著名画家，福建莆田人。字文中、文仲，号质先、枝隐生，又号枝隐头陀、枝隐庵主、枝庵发僧等，自称"金粟如来后身"。万历后期，以擅画授中书舍人，当过工部主事。天启间因反魏忠贤而遭罢官。吴彬是晚明时期全方位的画家，不仅擅长花鸟和山水，而且擅长人物画。他的山水画出于古而不摹古，人物以佛像人物居多，脱唐宋之规格，自立蹊径，风格淡然飘逸而超越前人，并有"处士画家"的雅称。他的画深得神宗皇帝的赏识，神宗将其所画之佛像藏之御府，"入为供奉"。后人曾评价他的画："画风独特，足敌赵孟頫，颉颃丁云鹏。"

《寒山夜读》一画为吴彬的早年之作，虽与晚年怪伟诡奇的山水不尽相同，但他追求雄拙气概及长于烘托气氛的特质与其晚作仍有相通处。究其大致的创作年份，当是他应召入宫任中书舍人后不久，其款下"臣彬印"已可证其此时身份。右上款书，既不似极早年瘦长尖利楷体，又与晚年方扁圆厚的行书稍别，而是兼于二者之间，估计是他 30 多岁时的作品。

《寒山夜读》一画的左上有清初理学家陆稼书的题字，陆稼书，浙江平湖人，奉程朱为儒学正宗。清康熙九年（1670）进士，历任江南嘉定县及直隶灵寿县县令、四川道监察御史等职。陆稼书与吴彬年代相去不远，从时间上可以推断是此作真迹可靠性的佐证之一。

在莆田历代画家中，吴彬与之前的李在，之后的曾鲸、宋钰并称为明代莆田四大画家，一直被书画界熟知和推崇。吴彬平民出身，在莆田长大，青年背井离乡。幸得万历神宗皇帝的赏识，以善画而被荐入仕。可以想象的是，在生前，吴彬狂热的只是他的绘画艺术，因为这样，他成了当时画界一位十分重要的、独树一帜的创造性画家：人物、山水、花鸟皆精，其中脱出唐宋规格的夸张变形白描人物和自立门户的水法山樵一派，更是可圈可点。

吴彬是莆田历代最具艺术气质的画家之一。他淡看体制和权力，敢于顶撞批评当时的权贵魏忠贤；他胸怀自然和民间，住过杭州，遍游江南、四川，往返于明代最重要的城市南京和北京。因为这样的艺术气度，吴彬才成为大家。

陆稼书与吴彬虽然不是同一时代的人，但相似的性格，相同的爱好，让陆稼书喜欢上了吴彬，他对于吴彬的脱俗、淳朴、清新、自然的画风，仰慕有加。陆稼书爱好书法和收藏，吴彬的画自然成了陆稼书追捧收藏的宝贝。

吴彬在遭罢官之后，流寓金陵（今南京）。他的山水画绝不摹古，每出新奇，笔端秀雅，白描尤佳。他游遍江南，一路上留下了不少的山水画真迹，亦不足为奇。反过来，陆稼书在他珍藏的吴彬的《寒山夜读》画上题上自己喜欢的诗句，也在情理之中。

"南皮张氏可园收藏庚壬两劫所余之一""第三品"为清代直隶南皮（今河北南皮）人，洋务派代表人物之一张之洞家族藏印。清代官场中人爱玩古物成风，时任湖广总督的张之洞也酷嗜此道。

张之洞（1837—1909），字孝达，号香涛、香岩，又号壹公、无竞居士，晚自号抱冰。生于贵筑县（今贵阳市），7岁时随父到兴义府城就读，13岁始回河北原籍应试，考取秀才；15岁时赴顺天府乡试中举人第一名，成"解元"；清同治二年（1863）中进士，后历任翰林院编修、教习、侍读、侍讲学士及内阁学士等职。其间，为清流派重要成员，与张佩纶、黄体芳、宝廷、陈宝琛、吴大澂、张观准、刘恩溥、吴可读、邓承修、何金寿等人一起，放言高论，纠弹时政，抨击奕䜣、李鸿章等洋务派官僚，有"四谏""六君子""十朋"之称。1883年中法战争爆发，因力主抗争任两广总督。1889年7月调任湖广总督。1906年升任军机大臣。在督鄂17年间，张之洞力主广开新学、改革军政、振兴实业，由此湖北人才鼎盛、财赋称饶，成为当时清后期洋务新政的中心地区。其提出的"中学为体，西学为用"，是对洋务派和早期改良派基本纲领的一个总结和概括。张之洞与曾国藩、李鸿章、左宗棠并称"晚清四大名臣"。

香叶草堂南皮张氏可园是张之洞之子张可园，清朝著名的鉴藏家，工书画，精鉴赏。明清有很大一部分岭南画派名家书画精品，都为可园张氏家族所收藏。《寒山夜读》一画钤有张可园之鉴藏印，说明了此画的珍贵程度。同时，陆稼书在别人画上题诗少之又少，可见，此作品的艺术价值和收藏价值非同一般。更难能可贵的是，《寒山夜读》一画在经历南皮张氏可园收藏庚壬两次劫难后，一直完好无损地传到今天，这不能不说是一个传奇，其间发生的一些故事必将随着时间的推移而注定渐行渐远。

陆稼书与吕留良的交游

清初浙西理学的代表人物吕留良和陆稼书，尊奉程朱理学，力辟王阳明心学，名扬天下，影响力巨大。两人相差一年出生，因为治学同道，相互有了倾慕之心，吕留良与陆稼书多有书信来往，两人真正的面对面交游却仅有一次，然而，两人的"尊朱黜王"思想却擦出了耀眼的火花。

陆稼书（1630—1692），原名龙其，因避讳改名陇其，谱名世穮，字稼书，浙江平湖人，学者称其为"当湖先生"，清代理学家。清康熙九年（1670）进士，历官江南嘉定、直隶灵寿知县，四川道监察御史等，时称循吏。离任时，只有图书几卷及妻子的织机一部。学术专宗朱熹，排斥陆王，被清廷誉为"本朝理学儒臣第一"，与陆世仪并称"二陆"。清雍正二年（1724）从祀孔庙。清乾隆元年（1736），追谥"清献"，加赠内阁学士兼礼部侍郎衔，著有《困勉录》《读书志疑》《三鱼堂文集》等。

关于陆稼书的师承关系，除了早期启蒙于塾师彭元端和其父外，并无与当时的名儒大师有何直接关系，陆稼书之学实际上是在家学的基础上自学而成的。彭绍升在《故四川道监察御史陆清献公事状》中说，陆家是三世皆诸生。除了陆稼书自己多问好学、励志圣贤，博文约礼，自少即以圣贤自期，不求人知，人亦未有知者外，在他一生当中，还有几个挚友对其思想和学术的发展起到了很大的影响。其中吕留良最为重要。

吕留良（1629—1683），字庄生，号东庄，又名光轮，字用晦，号晚村，又自号耻斋老人、南阳村白衣人。晚年号何求老人。浙江崇德（今桐乡市崇福镇，崇德于康熙元年更名为石门）人。书室名"南阳村庄""宝诰堂""天盖楼""风雨庵"等。清顺治十年（1653），25岁的他易名光轮，应清廷试，成为诸生。清康熙五年（1666）又因不应清廷试而被革除秀才。此后归隐南阳村东庄，设馆讲学，发明宋学，以朱子为归。在此过程中他创设天盖楼刻书局刊印程朱著述。清康熙十九年（1680），晚年的吕留良削发为僧，法名耐可，字不昧，隐居吴兴妙山，专心研究和传播程朱之学，门人子弟甚众。吕留良以提倡朱子之学为己任，抨击陆、王之学及八股俗学。"尊朱黜王"为其学术特点。吕留良对程朱学说，特别是朱子学说，可谓坚守笃信，终生身体力行。他曾说："幼读《朱子集注》而笃信之，因朱子而信周程，因程朱而知信孔孟，故与友人言，必举朱子为断。"他认为："凡朱子之书，有大醇而无小疵，当笃信死守，而不可妄置疑凿于其间。"直到晚年他还说："某平生无他识，自初读书即笃信朱子之说，至于今老而病且将死矣，终不敢有毫发之疑，真所谓宾宾然守一先生之言者也。"

吕留良在批评王学方面，比之于同时代的学者更为尖锐和激烈。他认为王阳明等"皆朱子之罪人，孔子之贼也"。因而"今日辟邪，当先正姚江之非"。他主张"凡天下辨理道，阐绝学，而有一不合朱子者，则不惜辞而辟之者，盖不独一王学也，王学其尤著者尔"。他再三申明，他之力辟王学并非出于门户之争，而是为了明辨是非，明道救世。他说："道之不明也，几五百年矣。正、嘉以来，邪说横流，生心害政，至于陆沉。此生民祸乱之原，非仅争儒林之门户也。……若姚江良知之言，窃佛氏机锋作用之绪余，乘吾道无人，任其惑乱。夷考其生平，恣肆阴谲，不可穷诘，比之子静之八字著脚，又不可同年而语矣。"

在吕留良看来，王阳明正是邪说之源。他说："弟之痛恨阳明，正为其自以为良知已致，不复求义理之归。非其所当是，是其所当非，颠倒戾妄，悍然信心，自足陷人于禽兽非类，而不知其可悲。乃所谓不致知之害，而弟所欲痛苦流涕，为天下后世争之者也。"

他把与王学的辩驳看成大是大非之争，没有调和中立的余地。他指出："生平于此事不能含糊者，只有'是非'二字。阳明以洪水猛兽比朱子，而以孟子自居。孟子是则杨、墨非，此无可中立者也。"他把"尊朱黜王"看成每一个有血气之士、颇知义理者义不容辞的责任。他说："此理之不明又数百年矣，毒鼓妖幢，潜夺程、朱之坐以煽惑天下也亦久矣。此又孟子以后圣学未有之烈祸也。生心害事，至于此极，谁为后阶不知所届。此凡有血气所当共任之责，况于中读书识字，又颇知义理者耶！"

他认为朱子之学中以《四书章句集注》最为精辟，是"阐千圣绝学"、判断"圣学"与八股俗学区别的标准。他说："今教之曰为讲义制举文字，则当从朱而辨理道之是非，阐千圣之绝学，则姑舍是。夫讲章制艺，世间最腐烂不堪之具也，而谓朱子之道仅足为此，则亦谓贱之至恶之至矣。此某之所未敢安也。夫朱子《章句集注》，正所以辨理道是非，阐千圣绝学，原未尝为讲章制艺而设，即祖制经训从朱子，亦谓其道不可易学者，以为是为归耳。"

同时，吕留良还论述了"诚意""正心""修身""格物致知""理气"等理学范畴的重要命题，基本上沿袭了程、朱之说，无重大突破。他说："诚意、正心、修身，皆所以捍御外物也，正为不曾穷理，而必有非所捍御而捍御者，如陆、王之说，以穷究事物义理为务外，而必欲去之是也。有所当捍御而不捍御，且以为主者，如陆、王之反以禅为宗是也。有自为已捍御而实非捍御者，如陆、王之自以为立大体、致良知矣，而所为、所诲，皆猖狂傲悍，日骛于功利，权诈是也。凡诸谬害者皆不从穷理而空致知来。"又说："故必先穷理，然后能清明其质，而捍御不谬耳。若既能捍御外物，而清明其质，则诚正之功已得矣。又何须再讲致知乎？"

在理气问题上，吕留良坚持朱熹"理气合一""以理统气"的说法。曰："气质之说，始于张、程，发明于朱子，于此章近远之义至彻。……后学不深究其理，感于异端，反谓朱子分理气为二，不知论性不论气不备，论气不论性不明；二之则不是，原未尝二也，须是两边说，理方明备耳。主张异端者，谓气即是性，此即告子生之为性，释氏作用是性，阳明能视听言动底便是性之说，大要以无善无恶为本体，先已腹诽孟子矣，况程、朱乎！……夫理何以有盈亏？气质故也。总之，异学最畏、最恶者，只一理耳。……理字不灭，则触处皆碍，故其所主者，离理之气也，本心之学也。圣德所主者，统气之理也，本天之学也。"

吕留良对程朱之学的贡献，还体现在对程朱学说的传播方面。当时，他与另一著名理学家张履祥一起编刻程朱遗书，已刻的有《二程遗书》《朱子遗书》《朱子语类》等。仅其所刻《朱子遗书》初辑，就有《近思录》《延平答问》《杂学辨》《中庸辑略》《论孟或问》《伊洛渊源录》《谢上蔡语录》等。这在清初朱子学一度式微的情况下，许多人研读程朱的著作，就是借助吕留良编刻的这些书籍。应该说，吕留良在传播朱子学之功上，实不可没。在清初学术思想界的影响很大。其同时代的学者王宏撰曾把他对朱子学的提倡，与顾炎武之于经学、毛奇龄之于音韵、梅文鼎之于历数、顾祖禹之于地理而相提并论，说："近时崇正学，尊先儒，有功于世道人心者，吕晚村也。"还有学者认为："紫阳之学，六传以及方候成，遭靖康之变，而其统遂绝，河汾崛起，曲高和寡，而陈公甫、王伯安遂鼓偏执之说以乱之，学士大夫从风而靡，虽然胡振斋、罗整庵力加攻诋，义甚正而力或未之逮也。至吕晚村氏，始大声痫乎，以号于一世……率其同志，精思力究，南方风气，为之一变。"

然而，吕留良对程朱之学的阐述渗透着"严华夷之辨"的民族思想，雍正年间，为曾静文字狱所牵连，被"剖棺戮尸"，阖门受诛，以致"渐不为人称道"，留世仅有《吕晚村先生文集》《续集》《吕晚村先生诗集》《惭书》及《四书语录》《四书讲义》等。

早在清康熙十年（1671），陆稼书未结识吕留良之前，陆稼书所辑《四书讲义续编》就多取吕留良之说。（见吴光酉等所编《陆稼书年谱》）《吕晚村先生四书讲义》四十三卷，为吕留良门人陈鏦和留良长子吕葆中等所编，见清康熙二十五年（1686）吕氏天盖楼刻本。

清康熙十一年（1672），陆稼书与吕留良有过一次会面，这时期正是陆稼书中进士后候任期间。这一年的五月，陆稼书在嘉兴相会吕留良，两人见面后，都感觉到了彼此相见恨晚，交谈得非常投机。陆稼书记录了当时与吕留良所谈内容：

吕留良曰："今之人心，大坏至于此极，皆阳明之教之流毒也。"又曰："泾阳、景逸之学，大段无不是。然论心性，则虽甚辟阳明，而终不能脱阳明之藩篱。"

又曰："东坡学术尤误人。好其学者，戏谑游荡，权诈苟且，无所不可，故人多乐而从之。今之聪明才俊而决裂于廉耻之防者，皆以东坡为窟穴者也。若程朱之教行，则人不可自便，此所以恶其害己而去之。朱子《杂学辨》最有功于世。"

又曰："今日为学，当明可不可之界限。古人大则以王，小则以霸，犹有所不可，况其他乎？"

又曰："考夫虽师念台，而不尽从其学。考夫之于念台也，犹朱子之于籍溪、屏山、白水乎？非延平之比也。"

吕留良的这些言论，对陆稼书影响很大，更是陆稼书"所深佩服"的。

此次会面，陆稼书获益匪浅。吴光酉所编《陆稼书先生年谱》称："先生访吕石门于禾中，彼此恨相见之晚，一时往复，皆关学术人心。"吕留良长子吕公忠（无党）所撰《行略》中也曾提及此事："禾中，遇当湖陆稼书先生，语移日，甚契。陇其商及出处，先君曰：'一命之士，苟存心于爱物，于人必有所济。君得无疑误是言与？'"可见二人论学很是默契，并且谈到"出处"等许多问题。

清康熙二十二年（1683）十月，当陆稼书在京中获悉吕留良去世的噩耗，曾撰文祭奠。《陆稼书先生年谱》记载："闻吕君晚村之变，为文哭之。"下面注明："吴容大邀先生酌，言晚村凶闻已确，八月十三日事也。先生太息久之。盖先生于晚村，出处虽不同，而任道之心则一，恃为辟邪崇正之助，一旦云亡，哀可知矣。……又言晚村自甲辰以后，行事最笃实。阅数月遇有南旋之便，为文以哭之，兼与长君无党书以致莫焉。"后写一祭文哭之，文曰：

"先生之学，已见大意。辟除榛莽，扫去云雾。一时学者，获观天日，获游坦途，切亦巨矣。天假之年，日新月盛；天道人心，庶几有补。而胡竟至于斯耶？自嘉、隆以来，阳儒阴释之学起，中于人心，形于政事，流于风俗。百病杂兴，莫可救药。先生出而破其藩，拔其根，勇于贲、育。我谓天生先生，必非无因，而胡追夺其年耶？某不敏，四十以前，亦尝反履程、朱之书，粗知其梗概，继而纵观诸家之语录，糠秕杂陈，反生淆惑。壬子癸丑，始遇先生，从容指示，我志始坚。不可复变。"

从这篇祭文来看，可知陆稼书与吕留良相契之深。而且，陆稼书后来对于吕留良多有推崇和维护，在年谱中还有这样一段话："赴吴志伊、万季野、贞一、姜西溟、冯鲁公、陈葵献、张汉瞻公酌。贞一极言石门之失，先生曰：'此皆石门前半段事。'又言石门之攻阳明也，即所以攻梨洲。先生谓此言尤过。"这里提到的贞一是万斯年之子、万斯同之侄万言，与父、叔同受教于黄宗羲。因为吕留良与黄宗羲后来交恶，所以黄宗羲的弟子们对吕留良多有攻击之词，而陆稼书则对吕留良多加维护。从这则事例可以看出，在当时的环境中，能为吕留良讲句好话，做些人格上的辩解，是需要多么大的勇气。由此，陆、吕虽仅见一面，但两人有同样的学术救世思想，同样地尊崇朱学之志，这也从一个侧面反映了陆稼书对程朱理学的坚护心理。另外，陆稼书还认为吕留良身上有"傲辟"之病，《陆稼书先生年谱》中说："近曰魏冰叔、汪苕文、顾宁人，可谓卓然矣。而皆不免傲辟之病，以其原不从程、朱入也。吕石门从程、朱入矣，而不免此者，则消融未尽也。"这里的魏冰叔即魏禧，汪苕文即汪琬，顾宁人即顾炎武，在陆稼书看来，这三人因为不从程朱之学进入，所以就难免有"傲辟"之病，而在吕留良身上有"傲辟"则是因为还有部分王学的弊病没有消融干净。但是，陆稼书又说吕留良"甲辰以后，行事最笃实"，即1664年吕留良35岁之后由"傲辟"而渐趋"笃实"。

在与吕留良的交往中，吕留良的尊朱思想深刻影响到了陆稼书。据吴光酉《陆稼书先生年谱》所载，直到40岁前后，陆稼书尚在朱王学术间徘徊，此后三四年间，受吕留良学术影响，方才成为朱学笃信者。吕留良对陆稼书的影响，主要就是坚定了他"尊朱辟王"的信心。陆稼书早年曾写过《告子阳明辨》，其中对王阳明多有称赞。这在论学中遭到了吕留良批评。

"余于辛丑、壬寅间，有告子阳明之辨。谓告子不是如禅家，守其空虚无用之心不管外面，只是欲守一心以为应事之本，盖即近日姚江之学。然不能知言、养气，则心不能应事，故自觉有不得处。虽觉有不得，终固守其心，绝不从言与气上照管。殆其久则亦不自觉有不得，而冥然悍然而已。以冥然悍然之心而应事，则又为王介甫之执拗矣。故告子者，始乎阳明终乎介甫者也。大抵阳明天资高，故但守其心亦能应事。告子天资不如阳明，则遂为介甫之执拗。又告子天资高强故成执拗，若天资柔弱者则又为萎靡矣。故为阳明之学者，强者必至于拗，弱者必至于靡。东庄见而评之曰：'百余年来邪说横流、生心害政，酿成生民之祸，真范宁所谓罪深于桀、纣者。虽前辈讲学先生亦尝心疑之，然皆包罗和会，而不敢直指其为非，是以其障益深而其祸益烈。'读此为之惊叹，深幸此理之在天下终不得磨灭，亦世运阳生之一机也。"

从这里可以看出，陆稼书的《告子阳明辨》还在突出阳明的"天资高"，虽然也批评阳明之学"终固守其心"。而吕留良则直指阳明之学"罪深于桀、纣"，这些观点使陆稼书"为之惊叹"，吕留良类似的主张在《松阳钞存》中被记载颇多。正是吕留良的影响，从而结束了陆稼书在"朱王学术间徘徊"。以后，他通过反思明亡的历史教训，改变了从前的观点，认为正是王学的流弊与泛滥，才导致了明亡，是明朝灭亡的根本原因，并得出了"明之天下，不亡于寇盗，不亡于朋党，而亡于学术"的结论。他还指出：

"自阳明王氏，目为影响支离，倡立新说，尽变其成法，知其不可，则又为《晚年定论》之书。援儒入墨，以伪乱真。天下靡然响应，皆放弃规矩，而师生自用，学术坏而风俗气运随之，比之清谈之误晋，非刻论也。今之君子，往往因其功业显赫，欲为回护，此诚尊崇往哲之盛心。然尝闻之前辈所记载其功业，亦不遗议。经姑无功，即功业诚高，不过泽被一时；学术之僻，则祸及万世。岂得以此而宽彼哉！且阳明之功，孰与管仲？敬仲之九合一匡，孟子犹羞称之，而况阳明乎？"

就吕留良对陆稼书在学术上的影响，钱穆先生在《中国近三百年学术史》中曾指出："晚村尝与陆稼书交游，论学甚洽。其后稼书议论，颇有蹈袭晚村。"而且就"蹈袭"这一问题，钱穆先生在小注中说："稼书《松阳讲义》十二卷，其间称引晚村者不下三四十处，迹尤显也。"而《松阳讲义》是陆稼书最重要的著作之一，其中重要观点多有来自吕留良。另外还有前面提到的《松阳钞存》与《问学录》，则以记录吕留良与其论学的言论为主。另外，陆稼书在给张烈《王学质疑》作序中说："近年惟吾浙吕君石门大声疾呼，毅然以辟阳明为己任。"还有在《后序》中说："先生与吕公不谋而合，信乎德之不孤而道之不可终晦也矣。"由此可见，陆稼书的辟王学几乎都以吕留良为标准。

陆稼书在与吕留良长子无党（吕公忠）书中说："不佞服膺尊公先生之学，有如饥渴，所不同者出处耳。闻讣痛悼，非为私悲，为斯道恸。"陆稼书并劝吕无党编辑吕留良遗书刻印出版。后来吕无党在清康熙二十五年（1686）刊刻了吕留良的《四书讲义》等书，吴光酉认为吕无党就是听从了陆稼书的建议。在陆稼书看来，自己的提议一是不负好友，二是造就后学。具有"尊朱黜王"思想的《吕晚村先生四书讲义》一书面世后流传很广，就陆稼书来说是吕留良的思想直接影响了陆稼书，改变了陆稼书的学术取向，使得陆稼书后半生全身心地致力于"尊朱辟王"运动。

正是在陆稼书与吕留良的交游后，陆稼书的"尊朱黜王"思想有了进一步的发展。总的来说，清初的"尊朱黜王"思潮，张履祥发其端，吕留良将其拓展，而到了陆稼书则达到了高潮，最终王学式微而朱学取得了学术正统的地位。在整个"尊朱黜王"运动中，这三位学者大儒起到了至关重要的作用，其中，陆稼书的功劳为最大。

陆烜：工诗善画精医的清代隐士

清光绪版《平湖县志》卷十七和《清画家诗史》丙集下记载：陆烜（1737—1799），字子章，一字秋阳，号梅谷、奇晋斋主。浙江平湖人。清代乾隆年间的藏书家、书画家、校勘家。通经传，工诗词，善书画，亦精医学，著述甚丰。

陆氏家族是平湖的名门望族。西晋著名文学家陆机、陆云兄弟合称"二陆"，被誉为"太康之英"。与潘岳同为西晋诗坛的代表，形成"太康诗风"，世有"潘江陆海"之称。明代唯一一位三公（太师、太傅、太保）兼任三孤（少师、少傅、少保）的官员——陆炳便出自该家族，陆炳生母为嘉靖帝的乳母，他从小和嘉靖熟悉，而且在火灾中救过其性命，所以嘉靖帝对他十分信任。康熙年间礼部侍郎陆棻和"天下第一清廉"理学儒臣陆陇其（稼书），也均出自该家族。

陆烜的祖上自全翁公开始，属泖西支。韶之九世孙敬一于元代时隐居于云间（松江），敬一孙全翁于明初迁居于泖河之西（今新埭镇东片，泖河南自平湖广陈镇，北至金山胥浦塘）。陆烜祖辈当元季之乱后在九峰三泖之间安家生活，躬耕于野。

清乾隆二年（1737），陆烜出生于泖口。陆烜十几岁时曾经考中过秀才，后到杭州参加乡试，不幸名落孙山。从此，他便放弃科举仕途，归隐田园。他变卖家产，购买了许多琴、棋、书、画，在家著书立说。

陆烜隐居在胥山的邱为里（今属无锡市滨湖区）。胥山据说是春秋吴国伍子胥伐越扎营之处。他把胥山当成当年陶渊明隐居的柴桑和王维隐居的终南山辋川，在寓所的周边种植了许多梅花，所以陆烜又自号为"梅谷"。自作《巢云子传》明志。与秀水张庚、嘉善曹廷栋，养高励学，郡人目为

"三隐"。

陆烜的隐居，不是因为对现实不满，也非逃避乱世，而是一种自我价值的选择，换言之，他喜欢过田园生活，喜欢被人称为隐士。

陆烜的主要作品《梅谷十种书》，内含其著作十种：《梅谷文稿》《耕余小稿》《梅谷续稿（三卷）》《梦影词（三卷）》《梅谷行卷》《吴兴游草》《陇头刍语》《梅谷偶笔》《人参谱（四卷）》《春草遗句》。（《梅谷十种书》古籍文献本现被哈佛大学汉和图书馆珍藏，苏州开发区图书馆存有扫描件电子版）

陆烜写书很快，可谓是一挥而就。一段时间，他得了心悸病，郎中对他说，需要人参熬汤。东北人参比珠宝还贵，但陆烜吃得起。他在服药的同时，搜查了100多种书籍，其中包括《池北偶谈》《居易录》《香祖笔记》《古夫于亭杂录》《分甘余话》等。他边阅读边摘抄，对资料稍微进行整理之后，分为释名、原产、性味、方疗、故实和诗文等方面进行论述。不到10天便写成《人参谱》这本书，全书共18000多字。书写好之后，他的心悸病也好了。

"淡巴国有公主死，弃之野，闻草香忽苏，乃共识之，即烟草也，故也名返魂香。"在《种烟三十韵》中，陆烜详细记述了烟草从传入到种植、采收、吸食、贩运等的全过程。关于烟草的种植、调制，他是这样描述的："莳艺浑同荣，沽需每藕泹。青葱临夏陌，红艳照秋潭。似茗收盈屋，如菲采满篮。十分勤剪剔，一月废梳簪。打绿需时再，罨黄计日三。"大意是说，烟草种植在当时是如同园艺栽培一样精细、讲究的技术，烟农如"圃人"一般每天以米汁灌根浇水。到了夏季，绿叶茁壮生长，烟花灿烂。在烟叶生长旺季，更要勤于打理。而采收则要在天气晴好时进行。"罨黄"即调制，则需要三天的时间。

陆烜的烟草诗句"浩劫残灰灭，相思寸烬涵"，原注："相思草亦烟名，缘人一溺其香，便复不能舍故也。""相思草"这三个字一下子便将人们带入了浪漫想象的境界。

"四围残雪照船明，烟水空蒙陇树平。鸥鸟何必依钓渚，人家终日闭紫荆。客中舟楫冲水渡，雾浚原田破冻耕。细酌浊醪看夕景，一川苍葭月初生。"陆烜的这首行游诗《泊泖浜》，是他摇船游玩家乡时的信手之作，生动地描述了泖浜冬天美丽的夜景。

　　陆烜的夫人彭玉嵌是海盐著名女词人，字贞隐，彭氏家族中多名士和才人。在女子无社交活动的清代，家庭影响绝对起决定性作用，故玉嵌也工诗能文，尤善倚声，著有《铿尔词》。彭氏当年陪嫁丫鬟有多人，唯有沈彩一人后来被陆烜纳为侧室，并委托其管理家中庋藏图书和书画之事。

　　《梦影词》卷三末有"乾隆丁亥浴佛前后日庆云侍史手写于春雨楼，重付剞劂，计增十阕，校正十一字"，这是陆烜之妾沈彩手书。

　　沈彩，字虹屏，号青要山人、胥山蚕妾、梅谷侍史、庆云侍史、芷汀散人，浙江长兴人，自幼入海盐女词人彭玉嵌家为婢。沈虹屏天生丽质，工诗善画。自嫁梅谷，因得指授，学问遂精，于理书拂琴外，日以抄写研求为课。沈虹屏喜爱藏书，并汇辑有《春雨楼书画目》，于乾隆中期手写成书，还为陆烜手抄有《尚书义》《晏公类要》《鄱阳集》《斜川集》等，字迹娟秀。陆烜在为其《春雨楼书集》题记中云："虹屏本吴兴故家女也，年十三归余。清华端重，智慧聪俊。荆妻玉嵌即授以唐诗，教以女诫。稍知文义，浏览书史，过目不忘。学右军书，终日凝坐，常至夜分。故书与诗，皆能入格，小品亦有佳致。盖女人心思，专一不分，加以敏勤，事半功倍矣。"

　　在其妾沈虹屏的大力协助下，陆烜刊印了《奇晋斋丛书》，该丛书共有16种之多，多为唐代至明末各家短篇杂著，包括笔记、诗话、题跋、游记等。奇晋斋为陆烜的藏书室，因得晋王羲之《二谢帖》《感怀帖》，以为是晋代墨迹之奇，故名。清缪荃孙《云自在龛随笔》卷四："梅谷得右军《二谢帖》并《感怀帖》，遂书小额，颜春雨楼之左室曰奇晋斋。斋中联句云：'门栽彭泽五株柳，案有山阴二谢书。'陆氏汇刻所藏秘书，遂以'奇晋斋'命名。"

　　有关陆烜和沈虹屏藏书方面的研究，清人蒋光煦《东湖丛记》、叶昌炽《缘督庐日记》《藏书纪事诗》；近人缪荃孙《云自在龛随笔》；今人黄裳《前尘梦影新录》《来燕榭书跋》、顾志兴《浙江藏书史》等书均有过论述。

　　沈虹屏擅长小楷，尤为精绝，画兰亦佳，且名声传至日本。凡日本人至平湖，多登门求书。她一生研习"二王"之书，尤对《黄庭经》、《洛神赋》（又名《十三行》）、《乐毅论》、《兰亭序》等用功最深。她曾有词句云："费却红闺多少力，一字千金值。"殆非虚言。因此，陆烜家藏古籍和书画，多请其题跋或题签。缣绢题字，格妙簪花。句里传神，才高咏絮。

陆炬善于绘画，生前画了许多画，主要以山水为题，这与他的性格有关，陆炬喜欢自由自在的生活和游山玩水，曾经云游四明、天台，北涉江淮，所到之处都是以医自给。遗憾的是，在他去世后，他的画大多散失了。

陆炬原有《宝迹录》，著录其平生收藏和鉴赏书画。后为友人借去无从追索而亡佚。清乾隆五十七年（1792），陆炬令沈虹屏将家中收藏至精美者编录之。共收录陆炬或陆、沈两人曾鉴赏过的古书画162件。首起汉孔融书《天地有大美而不言》册，止于董其昌《鹤林春社图》轴。沈虹屏的著录撰写体例大致为：书画名称，并加注册、卷、页数、行数和字数，有些还注明是绢或纸。简单记录作品的内容、题跋、流传、残损和著录等情况。沈虹屏自己对某件作品的简单鉴赏结论。但是，她在著录这些书画时最大的不足之处是：许多作品没有写明尺寸，究竟是水墨还是设色没有写，也没有尽可能地抄录作品上的所有题跋和印鉴。这就使得后人缺乏对一件作品的基本信息进行全面了解。而如果仅凭作品名称和材质，就极难对某件作品的真伪予以考鉴。

比如著录中的首件作品：汉孔融书《天地有大美而不言》册。沈虹屏的著录文字是："计廿七行。此书劲健古逸，变化若神，并非魏晋人可及。米元章阅书，白首无汉魏遗迹。此得之于半逻民家土穴中。主人有跋，余书之。"从上述文字中，无法知道此书册是墨迹还是拓本。如果仅从文中"汉魏遗迹"四字推测，似乎是墨迹，岂有汉魏墨迹流传至乾隆年间者？如是"汉魏遗迹"拓本，但非唐宋所拓，又有何珍惜之理？

又如录王羲之《二谢帖》卷："计九行七十六字。纸墨奇古，书迹清朗，仅'穷处'二字稍残阙耳。卷首有唐硬黄笺玉池。此帖主人得之最早，爱之亦甚深，因之名奇晋斋，作玉嵌檀香匣藏之，余与主人皆有跋。郁逢庆《续书画题跋记》载此帖项元汴跋云：'纸弊墨渝。'今此帖纸虽有碎裂，而并无弊，墨并不渝。且所载赵清献跋语亦与此不合，则知项所藏者，乃赝本也。致叹。亦辨之不审耳。"

项元汴藏《二谢帖》，著录于《续书画题跋记》卷一，卷后有宋人十四跋。项氏自跋中有云："结构疏缓，纸弊墨渝，了无晋人风度，殆后人赝本。宋诸公之题俱佳，恐非原帖。"《二谢帖》除项氏、陆氏藏本外，清宫内府亦藏有一卷（已毁）。徐邦达《重订清故宫旧藏书画录》中，根据石刻本认为似米芾临本。沈虹屏鉴定奇晋斋藏本为真，实属"爱屋及乌"之说。

晚明清初，是中国鉴藏史上又一个书画制伪售赝的高峰期。不仅项元汴、董其昌、梁清标等大家的藏品中充斥着伪赝之物，即使是在清宫内府藏品中，亦几乎真伪各半。故《春雨楼书画目》中有大量疑似或伪赝之作，也并非有什么值得奇怪的。但陆烜夫妇是真正喜爱书画鉴赏，亦非以此获利或附庸风雅，他们博学多才，更非那些市井中之"好事家"可比。

陆烜在图书校勘方面，是一位名副其实的行家。康熙年间的礼部侍郎沈荃任浙江杭州敷文书院讲席时，聘请陆烜采录遗书。陆烜校勘各种书籍，成绩突出。

陆烜除了藏书丰富和学识渊博，还善于保护古籍。他认为，校对书籍用雌黄（三硫化二砷）最好。因为，刀刮水洗则易伤害纸张；用纸粘贴则易脱落；用白粉涂抹则易淹没字迹，而且要涂抹好几遍；而用雌黄浆涂抹，一涂便淹没了字迹，且不会脱色。他认为，修补古籍要在糨糊中添加白芨粉，这样可以经久不脱落。他说自己曾经买到了宋代余靖的《武溪集》、赵璘的《因话录》、施彦执的《北窗炙輠》等书，皆为明朝藏书家毛晋的旧藏，装订也算精美，但在破损接尾处大多脱落了，这都是因为未用白芨的缘故。

陆烜发明了用皂角子仁水保存古代字画的方法。他认为，古代名家墨迹，不论是纸质的还是绢帛的，年代久了，都会起毛、生浮绒，纸质书画起毛尤其严重。他曾经收藏了一幅王羲之的《二谢帖》麻纸真迹，发现起毛如蚕茧，最后用皂角子仁稠水修补了，晾干之后，该真迹光洁如铜镜。具体操作方法是：上下截齐后，把两版夹定，用绳子扎紧，用白沙打字画令其光滑，再用褐布轻拭掉纸尘，最后用皂角子仁稠水粘上，快速解开版，轻翻一过，从此之后，该古字画就不会起毛了。上了皂角子仁后，如果想让古字画更加华丽，则上金箔一次，具体办法如洒金笺；如果希望其更加美丽高雅，则上云母粉一次。

陆烜主张对纸张进行"潢"。他认为，书画容易破损，所以要装裱；书画容易被书虫蛀坏，所以要"潢"。所谓"潢"，就是用黄柏树汁浸染纸张。因此，古人的书画都带黄色，那是因为都"潢"过。

他发明了用云母薄片钩摹古人书法作品的方法。他认为，钩摹古人书法作品，一般的方法有两种：第一种是硬黄法。即用硬黄纸临摹，硬黄纸以黄柏树汁和蜡涂染，质坚韧而莹澈透明，便于临摹古人书法作品。第二种是向拓法。将古人书法作品贴在窗户上，用白纸覆在上面，就明处勾勒出原笔画，再以浓墨填充。而有些书法作品，因为字迹模糊不清，用硬黄法无法临摹，用向拓法又有可能导致真迹的纸张溃烂而不敢揭背纸。所以，他首创用云母薄片（类似薄玻璃）映取，纤毫不爽。

陆烜很勤奋，他的藏书藏画学识，离不开他从小就养成的良好的阅读习惯。明隆庆万历年间范钦建宁波天一阁以来，官宦硕儒、文人学士络绎不绝地到天一阁来观书、抄书以及索书，并借此修志刻书刊书。作为藏书家的陆烜被发现他曾在天一阁待过，他夫人沈彩在文章中写道"时主君应聘往范氏天一阁阅书"。由此可见，在天一阁阅读，是陆烜艺术人生的一个重要阶段。

陆烜在艺术的道路上孜孜不倦，锐意前行，夫唱妾随，才子佳人，一门风雅，也由此名传藏书史和鉴藏史。

辑 肆

木心：宁静地写作

——读《哥伦比亚的倒影》有感

想写一篇关于木心的文章，缘起木心的散文集《哥伦比亚的倒影》一书。那是一个星期天的傍晚，我和儿子在桐城席殊书屋淘书时，无意间撞见了该书，顺手一翻感觉特别好，于是就掏钱买了下来。

回到家，我迫不及待地打开书，仔细阅读以后才知道木心是桐乡人，原名孙璞，1927 年出生于乌镇东栅栏杆桥老宅。1946 年入上海美专学习油画，后又在杭州国立艺专求学。新中国成立后，长期从事工艺美术和艺术创作。1982 年木心定居美国纽约。1984 年台湾《联合文学》创刊号推出"木心散文个展"专刊，震动彼岸文坛。

也许因为自己在桐乡工作的缘故，读木心的散文总有一种陌生而新鲜的故乡情结。木心为人很低调，据说，有一次他从上海坐汽车返回乌镇老家时，没有通知任何一位朋友和亲戚，只是在故乡的石板路上默默地走了一遭，去自家老宅静静地看了一回。这在他写的散文《乌镇》一文中有所反映。

木心宁静写作的心态，势必导致了他宁静地写作。木心是一个有独特素养的散文家，他有形而上的生活，具体地说，在木心的冥想沉思中，他求得很远，他远远地达到了"彼岸"，但是他在落笔的时候，却又不给我们带来太多的彼岸消息，而调弄的却是"此岸"零零星星琐琐屑屑的题材，但就在其中，隐藏着那个"彼岸性"。我始终觉得，木心散文的魅力就在于此，他宁静地写作，糅进了中国历代散文的精髓。因此，他的散文不乏机智和幽默，通透豁达，大有余地。

《哥伦比亚的倒影》是木心在大陆的第一本散文集，2007 年，80 高龄的木心的神奇出现，着实让读者眼睛一亮，并为他的"天外飞来"而感到无比温暖和自豪。对此，木心的弟子陈丹青在推介时一再提醒自己"陈述必须克制"。作家陈村认为"木心是中文写作的标高";何立伟说:"中国当代散文作家中,像木心那样有学识、有见地、有眼界,并且有真性情的实在太少,读后如同见了高人,作声不得,惟有默然"。

当然,面对这位出自嘉兴本土的著名作家和画家,读他的散文,我不得不用一颗异常的心和一种异常的宁静。木心的文字带着对人生的不离不弃来观照社会。文如其人,"你煽情,我煽智",他的文怎么看都有点局外观戏,冷眼向阳、闭门却扫的旁观者姿态。

宁静,在某种程度上,其实是一种原动力,木心的写作自始至终在被宁静这个原动力推动着不断地向前迈进。木心这样的迈进,是一个自外透入内底的过程。左右逢源让木心的散文几乎达到了伟大的境界,即使一些细节的东西,也被木心这样的散文大家非常认真地存有敬意。一般的作家对细节是一笔带过,而木心则相反,他把细节咬得非常精密,因此,他文章的成功,那醒豁的效果是显而易见的。

木心,宁静地写作,老人很睿智,他明白写作意味着什么,而宁静又意味着什么。当我一口气读完木心的《哥伦比亚的倒影》这本书时,夜的巨大宁静笼罩着整个桐城,笼罩着这个曾经让木心感动的地方。

永远的灯盏

——巴金《随想录》读后感

早在读中学的时候，就喜欢读巴金的《家》《春》《秋》，那充满激情的文字，一直激荡着我们这一代人。今天，读《随想录》，一种亲切感如春风般扑面而来，《随想录》平静而沉实的笔调，正适合了一个历史老人忏悔与批判的深度和智慧。把心交给读者，讲真话，成了《随想录》不断出现的自白。作为一位始终把读者装在心中的作家，巴金在古稀之年，毅然做出了清醒的抉择。

巴金直面人生的灾难，直面自己人格曾经出现的扭曲。他愿意用真实的写作，填补一度出现的精神空白。他在晚年终于写出了在当代中国产生巨大影响的《随想录》，以此来履行一个知识分子应尽的历史责任，从而达到了他文学和思想的最高峰。

《随想录》堪称一本伟大的书。这是巴金用全部人生经验来倾心创作的。如果没有对美好理想的追求，没有对完美人格的追求，没有高度严肃的历史态度，老年巴金就不会动笔。他把自己连同历史一起押上审判台，他"把笔当作手术刀一下一下地割自己的心"。他解剖着自己，同时解剖着历史，他要找出并剔除附于文化与心灵上的毒疮与脓血，为一个民族找出通向未来的道路。他在《随想录》中痛苦回忆；他在《随想录》中深刻反思；他在《随想录》中重新开始青年时代的追求；他在《随想录》中完成了一个真实人格的塑造。

曾有人讥讽《随想录》"忽略了文学技巧"，对此，巴金则郑重声明："对一个作家来说，更重要的是艺术的良心"。他是用锐利的目光审视着生活，他是用严厉的甚至有些苛刻的语言讲着真话。"作为一声无力的叫喊，参加伟大的'百家争鸣'。"这便是《随想录》最终能成为中国读者乃至世界读者爱之读之的佳作的理由。因此，《随想录》是一代中国知识分子良心的深度独白。

陈丹晨说："巴金一生追求个人道德、人格的完善，做人要正义、互助、自我牺牲。因此，他的文学作品中有这些烙印。"因为有了《随想录》，巴金才完成了他的人生追求，一个丰富而独特的人格才最后以这种方式得以定型，"巴金不是完人，也不是英雄，但他是一个真诚的人。他的伟大就在于真诚"。

巴金说过，他为读者而写，为读者而活着。其实，他也是为历史而活着，他用《随想录》走着从五四运动开始的思想行程。他走得很累，却很执着。有过苦闷、有过失误，也不断被人误解，但他始终把握着人生的走向，把生命的意义写得无比美丽。

诚如有些人说的，巴金的语言始终如一盏灯，永远照亮和温暖着我们。

追寻奶酪人生

——读《谁动了我的奶酪》

人生犹如大海中一叶小舟，我们自我就是舵手，最终到达幸福的彼岸。要想成为领航的舵手，靠的是我们对变化的敏锐洞察和做出的正确决定。进取、勇敢地接近变化是对我们的考验。

《谁动了我的奶酪》讲述的是一个关于变化的故事。书中一开始就给了我们无法逃避的现实：一旦稳定的、令人满意的现状被打破，甚至过去一切令人留恋的东西不复存在的时候，我们如何应对？看看作者给我们的启示：两只老鼠"匆匆"和"嗅嗅"，对此并不感到吃惊。因为它们早已察觉到最近好像有一些奇异的事情正在发生，所以它们已决定随之而变化。于是，它们毫不犹豫地取下挂在脖子上的跑鞋，穿上并系好鞋带，奔向迷宫的深处。

美国人斯宾塞·约翰逊让数以千计的人发现了生活中一个最简单的事实："要是有一张迷宫的地图就好了！""要是旧路线还可以走就好了！""要是没有人动我的奶酪就好了！"然而，事情总是在不停地变化着。

故事发生在一个迷宫中，四个可爱的小生灵嗅嗅、匆匆、哼哼、唧唧在迷宫中寻找它们的奶酪，故事里的"奶酪"是对我们在现实生活中所追求目标的一种比喻，它可以是一份工作，一种人际关系，可以是金钱，一幢豪宅，还可以是自由、健康、社会的认可和老板的赏识。或许，它只是精神上的一种宁静，甚至还可以是一项运动。

我们每个人的内心都有自己想要的"奶酪"，我们追寻它，想要得到它，因为我们相信，它会带给我们幸福和快乐。而一旦我们得到了自己梦寐以求的"奶酪"，又常常会对它产生依赖心理，甚至成为它的附庸。这时如果我们忽然失去了它，或者它被人拿走了，我们将会因此而受到极大的伤害。

故事里的"迷宫"代表着你花时间寻求着的东西所在的地方，它是你效力的机构、你生活的社区，抑或是你生活中的某种人际关系。

一个活力四射并飞速发展的时代，工作和生活就像不断翻滚的浪花，各式各样的变化都在时刻发生，我们生活在其中，的确感到一种紧张与不安，除非有一种办法能使我们关注这些变化，并且能够从中得到启迪。有一条捷径；那就是走进奶酪的故事。这个故事有一种让人释放压力并开始放松的神奇作用。我每一次阅读都能从中领悟到一些新的、有用的东西。妥善地应对各种变化，无论你的理想目标是什么，它都能帮助你。

"奶酪"是人生存的资本，如果一个人没有了"奶酪"将无法生存。如果自己舍不得放弃旧的"奶酪"，也不去追求新的"奶酪"，生活就会失去意义，人生也会失去奋斗的目标。

我们应该做到随着"奶酪"的移动而改变生活态度和方法，并且能从中得到新的快乐！

从草原上生长的爱

——阿拉旦叙事散文集《萨日朗》读后感

这是四月下旬的一个午后，我在桐城梧桐大街益智书店淘书，忽然被一本绿色封面装帧精美的新书吸引住了，那本书的书名叫《萨日朗》，作者是裕固族女作家阿拉旦。

翻开《萨日朗》，"一望无际的草原上，金黄色的阳光暖暖地照射着蓝天下碧绿的土地，照射着帐篷外面放牧牛羊的牧民们"，多么清新的文字，多么迷人的场景就呈现在我的面前。

《萨日朗》里讲述的故事，发生在祁连山下广漠的草原上，发生在人烟稀少的裕固族聚集的地区。带上了自然和社会环境方面若干神奇的色彩，给予了读者一种别开生面的印象，却又是一段很平凡的人生经历。正是在这里蕴含着生与死、爱与恨的感情纠葛，也就自然而然地引起读者产生种种通向广阔和深邃的思索。

姐姐萨日朗和阿妈以传统的方式生活着，正如无数的女人几千年以来一样生活着，并非母亲的苦难，而是母亲的宽容与理解成了阿拉旦叙述的焦点。因此，阿拉旦散文的女性视角绝对是大女人的视角。她用一个成熟而敏感的灵魂去挖掘自己的记忆，并以此激发现代女性对于自己身心原初状态的回归。

阿拉旦在《母性的草原》中固执地认为：草原是母性的。

于是，阿拉旦注定是一个离不开草原的女人，到更遥远的地方去闯荡，草原的母性就装进了身体里，用女性的身体接纳外界对她的关爱，也用她的身体奉献着她的爱。

阿拉旦的牧场水草丰美，这种丰美的水草仅仅是她心灵图景的背景，真正丰美的是她在牧场上徜徉游弋的灵魂。阿拉旦通过牧羊女对于当下草原的感知经验，表达了属于女性自己的身心体验，这种体验透明而真实。

　　每一个女人的命运不同，成长的道路有别，但是，属于女性的那份原初的体验是相同的。阿拉旦在这个浮躁的时代，站在祁连山草原上，用诚挚忧郁的牧歌，深深地打动了无数个不愿意在物欲横流污染中沉沦的心灵。

　　阿拉旦让我们感受到真正来自灵魂深处的声音，既是身体的更是灵魂的。同时，阿拉旦和自己的写作一起，正在不断地走向成熟。在超越了成长视角以后，阿拉旦从宗教、文化和女性整合的视角，关注转型过程中自己的民族性，关注民族文化，呈现草原女性的精神历程。

　　著名导演田壮壮说："阿拉旦的语言是从那片草原上生长出来的，有着一种原始的力量，它敏感而辽阔，生命沉浸在和谐的欢乐和痛苦里。透过阿拉旦的文字，我们无限地接近鲜活跳跃的生命，面对生活的本质，面对这片母性的草原，让我们被讲述训练出来的神经，受到巨大的震撼。"

　　当我读完阿拉旦的叙事散文集《萨日朗》，这从草原上生长的爱，促使我的心灵得到了纯净而辽阔的感悟。我知道，成长中的记忆是深刻的，是带着某种终极意味的东西。成长的记忆也时刻影响着一个作家进入自己灵魂的深度。

细节的震撼

——读伊沙长篇小说《狂欢》

　　我开始关注伊沙，都是诗歌的缘故。这个生于成都、毕业于北京师范大学中文系的吴胖子，20 世纪 90 年代因为写了《饿死诗人》和《结结巴巴》等诗歌崛起于诗坛，从此被人关注和饱受争议，被视为中国后现代主义诗歌的杰出代表，海内外称其为"中国的金斯堡"。

　　我喜欢诗歌，故喜欢伊沙也在情理之中。伊沙其人其文，爱憎分明，书生意气，嬉笑怒骂，畅快淋漓。在这个时时刻刻都需要面具伪装的时代，能性情使然，始终坚持自己的原则，从不妥协于身外"功名"之人，哪怕面对那些与自己针锋相对的无名小卒，也极为认真，网友说伊沙好玩，这是难能可贵的。

　　伊沙的确好玩！

　　而更好玩的是伊沙最近出版了他的心血巨著《狂欢》，这书据说是史无前例的生命史诗，它的出现，无疑让喜欢伊沙的人眼睛一亮，心中一喜。《狂欢》是一部关于时下社会一个知识分子生存写照的真实小说。伊沙在小说中对主人公冯彪这个小人物焦虑、无奈、挣扎的生存状态的叙述和描写，让人同情，亦让人愤怒。

　　吴建民说："他走出了鲁迅，又在遥遥呼应着鲁迅。"小说主人公冯彪"知识分子"的角色，只不过是伊沙手中的"玩器"。冯彪首先是人，一个活生生的男人，他的喜怒哀乐、悲欢离合，他的自私、狭隘、猥琐、好色、冲动、善良、热切，他的欲望和青春、伤感和哀愁，分明透过伊沙一贯激情生猛性感具体的文字来灵动表现。从这一意义上来说，我们要为伊沙狂欢，狂欢伊沙为当代文学艺术画廊增添了一名个性独立、血肉丰满的典型人物。

　　细节决定了一部小说丰满的程度，是小说的血肉，同时也是考察一个作家才华的重要指标，也是一部小说征服读者的最终力量。小说《狂欢》自始至终坚持了它自己的方向，它的一个很明显的特征就是其中充满了打动乃至震撼人心的细节，正如伊沙自己所说："情节可以虚构，但细节必须是真实的。"

小说《狂欢》中的一些细节，能随时击中人内心深处最柔软的部分，让人进一步感慨万千，然后思考。而观察和记忆是身体性的，所以《狂欢》是对时代和人严谨的书写和思辨，也是身体性的。《狂欢》近 40 万字，故事好看，细节耐品。很多网友讨论关于伊沙在《狂欢》中充斥太多他自己影子的言论，我以为，这正是伊沙小说《狂欢》的难能可贵之处。

李勋阳这样评价《狂欢》：而我看到的《狂欢》，它"老老实实"甚至是孜孜不倦地在为我们讲一个好故事——在当下中国小说，这简直是一个稀奇而可贵的品质……李勋阳的评价中肯与否，我想，这并不重要，我们暂且不去管它，但有一点是可以肯定的，那就是伊沙的小说《狂欢》给我们带来了艺术的真实，带来了精神的愉悦，带来了心灵的震撼。

亦刚亦柔的随性人生

——读林采宜的散文集《肆无忌惮》

"任意妄为，没有一点儿顾忌。"这是《现代汉语词典》对"肆无忌惮"的解释。上海复旦大学经济学博士、专栏作家林采宜把自己的散文集取名为《肆无忌惮》。光看那一个书名，就着实让我大大地喜欢了一把，人生的肆无忌惮是洒脱、随性、闲言、恣意。

对于没有边界的思想和情感，《肆无忌惮》是最好的命名。散文大家周国平先生认为林采宜的《肆无忌惮》的思想"根源是相当彻底的通情达理"，立足于真实的人性，所以不受传统道德羁绊。"在一双善于体察人情的眼睛面前，一切人为设定的道德边界都不复存在。"

林采宜在《肆无忌惮》中吹气吐兰，拂手为理，在率性中将生活零零落落的复杂简单地归位到经济学的算术题上，再轻轻地拔去等式，脱胎换骨成刚强的理性。从小女子到大学者，对于她就像隔壁的门槛，轻声笑语中就过去了。林采宜善解人类风情，既能入乎其中，洞察细微，又能超乎其上，俯视大千。她的思想在中西文化中穿梭，有一点传统，有一点开放；有一点邪意，有一点率真；有一点禅意，有一点马列。这是她性格与时俱进的坦诚流露与真实表白。

纯棉年代的丝质纽扣，奢华靡艳；浩瀚水域的不系之舟，恣肆汪洋。《肆无忌惮》中不少内容写的是林采宜对中年的理解，人生的中年已有深度，中年也是一个人"智性开始成熟的季节"，在生活的阅历和感悟上，林采宜凭借她自己特有的才华拓出了情和爱的宽度，她在深厚和宽阔的人生诗意蕴含里且歌且舞。她的文章始终渗透着深厚功夫的纯熟，洋溢着并非训练就有的先天优雅。

细细品读《肆无忌惮》，总感觉林采宜既是世俗中人，又飘然超出世俗的界限。她是站在俗世人群中体验人世的悲欢离合，却又在云端高处俯视芸芸众生的千姿百态。她总是有感而发，感叹中却包容着人性的如许丰盈。她的知性、她的灵性，用她自己的话说，她把"大学者的博学和小女子的俏皮糅合在一起，亦浅亦深，亦刚亦柔"。

关于浪漫，在《肆无忌惮》中，林采宜雄辩滔滔，说女子的浪漫无非是轻飘飘的胭脂花粉，而男子的浪漫都是血淋淋的性命。谈到爱和情，林采宜说，爱太奢侈，色太浅薄，因此衣食无忧的绅士美女们反复把玩的大多数是一种边缘情感——微妙的调情。可惜的是，情感的鸡尾酒，对调酒师的技巧及心理素质要求甚高，一不留神，就会变质变味，成了偷情或爱情。林采宜是一个善于挖掘提炼的人，她有敏感的味觉，品出了人生的许多滋味，又有冷静的头脑，能对各种滋味做出缜密的解析，异常精妙。

鲁迅先生曾说过这样一句话："这世上本来并没有路，走的人多了，就成了路。"我想，人的思维和观念也是这样，大众踩出来的是大路，小众踩出来的是小路，小路和大路之间，是分歧，不是冲突，从思想和文化的取舍来看，倘若大路和小路都可以行走，那么这是一个自由而舒展的世界。无所谓叛逆，也无所谓颠覆。

手运神工竹刻情

——读叶瑜荪《竹刻技艺》

翻开福建美术出版社出版的桐乡市竹刻艺术家叶瑜荪所著《竹刻技艺》一书，顿时被书的大开本装帧与精美的彩色印刷吸引，捧读之余，被著者精湛的竹刻技艺和勤奋好学的治艺精神深深感动。

《竹刻技艺》全书分"竹刻史话""刻竹艺谭""容园竹品"三辑。从有关竹刻的学问和掌故，到竹刻的技法程序，以及容园作品的展示，让初学者充分体会到中国竹刻技艺的精妙和深奥，领略到竹刻艺术的简朴与高雅。

竹子因其节直虚心，筼色润贞，四季常青，故自古以来被视作祥瑞之物，为人们所喜爱，几千年来一直是文人墨客歌咏和描绘的对象。苏东坡有诗曰："宁可食无肉，不可居无竹。无肉令人瘦，无竹令人俗。"作为文人的叶瑜荪对竹子也情有独钟，他爱上竹刻，一刻就是十几年，虽波澜不惊但小有成就。

有"中国传统绝活技艺"之称的竹刻作为一种雕刻艺术，与其他门类的雕刻工艺如玉石、紫檀等相比，其艺术特色可概括为"简朴高雅"四字。所谓"简朴"，主要体现在材料和处理手法上的朴素、简洁。而"高雅"，则是指竹刻品的艺术价值高于一般工艺品，深受文人的喜爱。竹刻的技法很讲究，缺乏耐心和吃苦精神者是很难深入下去的。况且，只注重技法者往往容易成为匠人而忽略了读书与思考。与众不同的是，叶瑜荪先生在他的竹刻中，更多地融入了自己对艺术独到的见解，并花大量时间总结刻竹心得并整理成文，实属难能可贵。

《竹刻技艺》一书资料完备，编排精当，是一部图文并茂内容丰富的竹刻专集，具有极高的实用价值和艺术价值。竹刻固为小道，自明中叶形成专门艺术以来的四五百年间，有关的论著寥寥无几，虽明清笔记早有言及竹刻者，有关竹刻的诗文数量亦颇多，国画史传著作和篆刻家传记集都有涉及竹刻和竹刻世人史料者，但有关竹刻的专门论著甚少。《竹刻技艺》吸收了历代竹刻艺术之精华，可谓现代竹刻留青的精品著作。

叶瑜荪先生在《竹刻技艺》中写道："竹刻作为手工工艺，其技法学习包括技术和艺术两部分。技术易学，艺术却不易学，要靠个人的悟性，这是综合素养的体现。竹刻的技术学到手后，就可以成为一个刻竹工匠，在各种竹制品上添彩点睛，提高竹制品的价值，但这还不能算是艺术。艺术只能意会，很难用言语形容。要在艺术上有所突破，只有多读书，提高自己各方面的学养方为终南捷径。"淳朴的民间竹刻技术让叶瑜荪匠心独运，而文人的书卷气又让叶瑜荪的竹刻技艺巧夺天工。

竹刻艺术作为我国"竹文化"中的精粹，享有很高的声誉。叶瑜荪十几年如一日孜孜不倦地进行竹刻艺术创作，他的《竹刻技艺》可让更多的人通过竹刻感悟到中国民间艺术的独特魅力。

冷香飞上诗句

——读钟桂松《钱君匋·钟声送尽流光》

《钱君匋·钟声送尽流光》是钟桂松先生介绍一代艺术大师钱君匋所著的一部突出历史照片和图片资料的人物聚焦书，被列入大象人物聚焦书系，由大象出版社于 2006 年 6 月出版。说"聚焦"而非"传记"，是因为严格来讲，书中的文字并不是完全按照传记的方式来写的，而是尽量以艺术大师钱君匋的一生为背景，来扫描、透视作者最感兴趣也最能凸显人物性格和命运的某些片段。

钱君匋 1907 年出生于桐乡屠甸的一个小职员家庭，童年时代在水乡小镇上度过，后来到上海私立艺术师范学习。1925 年毕业后，为生计奔波于浙江台州、杭州和上海，为追求艺术理想奋斗了一辈子，最终成为中国 21 世纪一位集封面装帧家、篆刻家、书法家、诗人、散文家、画家及收藏家于一身多才多艺的艺术大师。

都说现代社会属于图像时代，此话一点也不假。且不说电视、电影、电脑光盘等主导的文化消费和阅读走向，单单老照片、老漫画等历史陈迹的异军突起，便足以表明现代人已不再满足于在文字里感受生活、感受历史，他们越来越愿意从历史图片中阅读人物、阅读历史。的确，一个个生活场景、一张张肖像，乃至一页页手稿，往往能蕴含比文字描述更为丰富更为特别的内容，因而也更能吸引读者的兴趣，诱发读者的想象。《钱君匋·钟声送尽流光》一书文字与历史照片、画、篆刻巧妙地结合起来，无疑，也就成了另一种形式的画传。

钱君匋是在钟声中感悟到人生真谛的，雪夜的回忆又是艺术家推动自己前进的动力。"钟声送尽流光"，作者引用钱君匋的一方石印，将大师在钟声里行走的心路历程具象化了。《钱君匋·钟声送尽流光》文字简练，图片丰富，并且两者相得益彰的人物聚焦图书，给人一种耳目一新的感觉。在正文之外，作者还特意以补白方式选摘了钱君匋的自述、他人的评点等文字。同时，图片的说明也改变了通常的模式，较为生动活泼，更具内涵。穿插石印和画，这样的编排，在较小的篇幅中多层次、多侧面，更形象地呈现出了钱君匋作为艺术大师平淡和坦然开怀的一生。

任何形式的聚焦，都是为了凸显历史场景中人物的生存状况。审视他们，实际上也就是在审视现实生活中知识分子本身。《钱君匋·钟声送尽流光》让我们真真切切地感受到了大师蕴藉的神态、柔美的性格。

读《钱君匋·钟声送尽流光》是有境界的。大师钱君匋那些精妙绝伦的作品，或工整挺秀，或奔放瑰奇，方寸之间，文思横溢，没有深厚的功力和渊博的学识何能臻此境界！自幼听惯了寂照寺的钟声，也听惯了水乡小河流水的声音，长大了又听惯了杭州吴山的寺钟，这是大师钱君匋自幼至长所处的环境，也是所有人不能摆脱时间流逝的无奈和感叹。

"钟声送尽流光，冷香飞上诗句。"艺术大师钱君匋一生留下的20000余方印章、1800多张封面设计、上百万字的散文、几百首诗词和5000余件珍贵文物无偿捐献给故乡桐乡和海宁两个地方，他努力奋斗而又淡泊的一生，值得后人敬仰。

飘着幽香的蓝

——读季小英的散文集《四季蓝》

　　《四季蓝》是我的一个叫季小英的朋友最近由中国文联出版社出版的个人散文集。当我打开她从邮局寄来的装帧精美的蓝色封面书籍时，四周的空气中便散发着蓝的幽香，沁人心脾。

　　《四季蓝》是季小英的第一本散文集，她以女性诗一样的洞察力和想象力带给人们美好的事物的记忆，字里行间流淌着女人对人生的考量，对亲情、爱情、友情的深深的眷恋，跳跃着女人对情感的敏锐和理智。

　　喜欢蓝，深深地爱上蓝，在蓝色里倾情、感动并快乐着。季小英一路走来，风雨无阻，笑看云卷云舒。对于写作，季小英是用心的、真诚的。因此，她记录生活中的点点滴滴，婉约而平实，叙述畅快且淋漓尽致，总让人有一种忘情的感觉。

　　读过季小英的很多散文，甚至我还当过她的责任编辑，编过她的几篇散文，但当我读了《四季蓝》，不由得把腰板正了正——她在这本书里，呈现出了一种女性别样的成熟和智慧。这种成熟和智慧在当下的写作语境中显得那么难得——它完全是理性的、智性的，而不是枯燥生活的流水账叙述。相比于现在许多投机取巧的文字来说，季小英的写作态度和文字是严谨和真挚的。

　　在我的阅读视野里，我认为季小英在她孜孜不倦的写作中一直秉持了现实的原则。按照她自己的话来解释说，她没有选择逃避，虽然像她这样的小女子是万不行和一些庸俗的人和事去抗争的，而且也无心去抗争，可在大杂烩的世俗中，她也会借助键盘的敲击来发泄心中的郁闷和不快。

　　天空一望无际的蓝；大海一望无际的蓝和自己喜欢穿的蓝裙子，使得季小英的写作有了蓝墨水一样的意境和辽阔。蓝是她对人生清晰的透视，也是她对人性深情的独白。

　　《四季蓝》是从春天开始的，然后慢慢地向夏天进发，再由夏天到秋天、冬天。同时，《四季蓝》也是从女人开始的，先是女孩，再是女人，再是为人妻，为人母……成长的过程是丰富的，是幸福的，而事实上，季小英对自己的成长充满了兴趣。她把成长过程中的情节和细节全部用文字凸显出来，于是，也就有了今天她精心打造的《四季蓝》。

　　《四季蓝》是女性心灵和慧美的融合无间。

　　《四季蓝》无论是"女人的一半是神""男人，女人，鞋子""蓝色倾情""感动"，还是"边走边看"，每一辑都凝聚着季小英宁静的思索。每一篇文章，都是她生活的一段真实的情感。

　　"我深深地热爱着我的生活，爱我生活里的人和事，爱我脚下的草草木木，山山水水，生活给予我的恩赐，是我一生一世都感恩不尽的……"季小英这样痴情地爱着，也是这样寂静地写着。以季小英的文学能力和对生活的领悟，我期待她在今后写出更多更好的作品来——怎样会更好呢？我想，就像我们眼前那一望无际的——蓝。

会说话的草原

——读鲍尔吉·原野的散文集《银说话》

鲍尔吉·原野的散文集《银说话》，这是一本需要用眼睛和心灵一起去阅读的书。

鲍尔吉·原野是草原上"狼心未改，童心未泯"的蒙古大叔，他以独特的视角告诉了我们一个会说话的草原，草原的美丽，以及美丽背后真实的故事。草原牧民的生活并不富裕，有的甚至很贫穷，他们只是真实地活着，承受草原生活的艰辛、质朴与美丽。

赏读《银说话》，体会着温暖的善良，感受着草原的清爽。赏阅之时，耳边犹如谁在轻声地诵读着，还有那一首首高昂深沉的草原牧歌，那舒缓却是来自空旷的大草原上的豁达的声音。于是，我深深地体悟到了草原一路吹来的万里长风。

《银说话》按照内容和结构分为三辑，它们是《胡四台》《蒙古音乐笔记》和《吉祥蒙古》。文章涵盖着哲学思想、文学艺术等诸多方面的内容，纵读是一幅草原的大写意画，横看是一份蕴含哲理的精神食粮。

在画的意境里漫步，观尽人间美与善；在精神的长廊里盘桓，无处不在的是超越山峰的大器与智慧。鲍尔吉·原野的文字如野马破阵，云过山峰。有专家评论道："豪放、幽默、睿智、雅洁、细腻，皆是鲍尔吉·原野作品的特色。他毫无困难地把这些因素融合，以其独树一帜的风格从容宁静、自领风骚。但最鲜明的，是他笔下倾心描写人间的美善，使人回味不已。"此言极是。

《银说话》无论是描写英勇无畏的骑兵父亲，还是草原上的女子云良；无论是马头琴曲《嘎达梅林》，还是《腾格尔歌曲写意》；无论是对天真的阐释，还是留恋生活的情愫，都能恣意地在笔端倾泻，正如鲍尔吉·原野那草原般豪放的性情，始终保持着自己的创作特色。

确切地说，我没有去过草原，但在我读完《银说话》的那一时刻，心胸便豁然开朗，脑海里回放着一幅幅天高、云淡、地广、物阔、草美、牛羊壮的画面，仿佛草原就在我的眼前。"站在草原上，你勉力前眺，或回头向后眺望，都是一样的风景：辽远而苍茫。""草原与我一样，也是善忘者，只在静默中观望未来。"草原是什么呢？我问自己。在旷远中让人们思索，当我这样想着的时候，人的心胸没有办法不开朗、不豁达。

席慕蓉说："对于大陆作家的作品我读的不够多，但是我最近疯狂地喜欢上了鲍尔吉·原野，我觉得他所写的无论是内蒙古高原还是其他的，用那么淡的笔，那里面有那么浓的对人的触动。这个作家是内蒙古人，可是他写的不只是内蒙古高原而已。"确实如此。

从《小羊羔》到《斯琴的狗和格日勒的狗打架》，从《诺日根玛》到《阿斯汗的蓝胡子》，从《蜜色黄昏》到《蔚蓝色的鸡年》和《绵羊似的走马》等无不启发着人们的心智，带着我们徜徉在文字的真善美里，踯躅在人性的恶与善之间，从而《等到花儿开，等你跑过来》，那该是何种境界？幸运的是，如此美妙的心境在《银说话》里领略得一览无余。

《银说话》文字隽永、哲理深蕴、图文互动，不仅是文字爱好者的最爱，也是旅行者了解内蒙古的最佳读本！

不再神秘的西藏

——读谢英《西藏带我飞翔》

　　有人说，西藏是一种人生；有人说，西藏是一个谜；有人说，西藏是永远无法抵达的彼岸。在许多人的想象里，西藏这个名字，与雄伟、壮观、古老、神秘、梦幻、朦胧等连在一起。更多的人，是把西藏装在心里反复回味，却吐不出一个字来。而在西藏长大、求学、工作，一步一步成长离不开这片土地滋养的年轻美貌姑娘谢英，30 年时间，已足够在她血液和心脏里，从情感、思想和灵魂深处打下烙印，因此，也就有了她的纪实散文集《西藏带我飞翔》。

　　近些年，随着西藏对外开放程度的不断加大，许多人通过旅游、传媒等各种手段和渠道，对西藏有了一些了解，但仍然很少。许多人一提起西藏，头脑中就只浮现出高耸入云的珠穆朗玛峰，冰天雪地的荒原和香烟缭绕、法号长鸣的佛国世界。然而，《西藏带我飞翔》一书叙述了西藏古老的历史、美丽的拉萨、雄伟壮观的布达拉宫，完美的天籁之音把我们带进了一个景致优美、生活宁静、人民纯朴、与世无争的境界。在这样的境界面前，你会觉得自己很高，因为你站在世界最高的高原上；你会觉得自己很小，与辽阔宽广的自然相比，人是多么渺小；你会觉得自己很纯净，如同高原纯净的蓝天，欲望就像飘过的雨点转瞬即逝；你会觉得找到了自己，生命原来可以绽放如此绚丽的花朵。

　　《西藏带我飞翔》展现了西藏这样一种色彩：西藏的色彩是大块的，在西藏的任何一个地方，抬头望去，都是一块蓝蓝的天。蓝天之下，是绵延不绝的群山。群山之间，是大片的草地和湖泊。西藏是圣洁的，西藏的圣洁散发着无与伦比的光辉，使得通往远方的道路也像哈达一样光芒悠远。圣湖洁白的雪，在阳光的映照下晶莹炫目，让人不由得生出许多敬畏之情。

　　在越来越小的地球村里，2006 年 7 月 1 日，青藏铁路开通正式营运，西藏曾长期是全国唯一不通铁路的省区，而这已成为永远过去的历史。西藏人民把这条路称为天路，多么诗意的名字。有一首歌唱道："那是一条神奇的天路啊，把祖国的温暖送到边疆。从此山不再高路不再漫长……酥油茶会更加香甜，幸福的歌声传遍四方。"

《西藏带我飞翔》展示了藏族人坚忍的一种姿态、对自然的热爱、对生命的赞美、对幸福的向往。对每一个关心西藏的人来说，去西藏看看吧。看看西藏古老的历史，也看看西藏美好的现在；看看西藏壮阔的河山，也看看西藏现代的创造；看看西藏翻飞的经幡，也看看西藏幸福的人们。打拼争斗身心疲惫的人，在这里听见了自己清晰的心跳声，在这里找到属于自己的一方净土。

《西藏带我飞翔》以一种全新的视觉角度记录了在艰苦的环境下，人与自然之间长期依存形成的一种默契与和谐。也许，西藏太高，高到让人远远一望便目眩；也许，西藏太远，远到人们的意识之外，便成了神秘。可是，在我们以敬畏的眼光打量自然的创造时，是否忽略了人自身的力量？在我们关注自己生活和身边事物的时候，是否还应抬起头来，看得更远些？当一口气读完谢英的纪实散文集《西藏带我飞翔》，传统与现代交织、神话与现实共存的西藏不再神秘。

江南的忧伤

——读叟学超的长篇小说《今生十年》

"江南的烟雨更加迷蒙，江南的姑娘更加结着丁香一样的哀怨，江南的水更加绿得如翡翠一般，江南的青石路更加懒散地徘徊在每一条大街小巷，江南的一切便更加诗情画意。"这诗一般的句子不禁让我想起戴望舒先生的《雨巷》。而今，读叟学超的长篇小说《今生十年》，如置身幻影，诗情画意、哀怨、感动、忧伤和迷蒙，真正应了"寒鸦数点斜阳暮，孤雁声里长风渡。唯有今生十年泪，忍得苍茫两回顾"的境界。

《今生十年》向人倾诉着一种很无奈的爱。小说以悲剧开头，男主人公爱着萧然却发现自己留不住她，唯有让岁月将她埋没，在记忆深处让这份恋恋不舍在反复的追忆中被遗忘。但悲剧或许也是喜剧，因为也许只有彼此不在一起方能互相为对方感叹，永远活在美好之中。最平凡也是最不平凡的爱情。最后男女主人公还是结婚了，很难说男女主人公最后会不会幸福，也许幸福、也许不幸福，这不得而知了。

《今生十年》是一部属于江南的小说，因为在阅读它的时候，会在隐隐约约中发现它透出一丝丝淡淡的江南的气息，悠远而馥郁。它又是一部忧伤的小说，江南的那份朦胧烟雨般的忧伤总是缠缠绵绵。发生在这样自然环境下的爱情故事，不免有些世俗，但在不经意中自然会悟出一些高雅的东西，这就是小说的成功之处。

《今生十年》完成仅仅花了作者四个月的时间，出手之快让人不免有点惊讶，我不由得对作者产生了一种别样的敬佩，尽管这四个月作者每一天都难过、每一天都沉思、每一天都在痛苦中寻找最原始的快乐——文化的快乐。文学的真实、艺术的真实归根到底还是生活和感情的真实，而任何一种文字都源于一种真实的感动。

　　"江南的眼泪没人能够读懂。"当真正理解这句话的时候，键盘的击打声，在江南烟雨中诉说着生活的理想和爱的真谛。其实，真实躲在狂放后面的那一份温柔同样属于江南。《今生十年》反映的生活很真实，在虚构的故事里流露着生活的原汁原味。男女主人公虽然很帅很漂亮但没有偶像小说里那样性情很夸张。他们活得很简单，也不怎么浪漫，但他们活着，为各自的生计、为各自的事业，然后有各自的遗憾。

　　对于《今生十年》这部小说，作家韩石山称赞道："年轻人就要写生龙活虎的文章，不循旧例，不拘成法，别出心裁。自立法度。殳学超有这样的才情。"诗人伊甸这样评价："在殳学超身上，我看到他回归沉寂和忧伤的可贵尝试。这种品质有助于他走上真正的作家之路。"

　　不同的读者，对一篇成功的小说都有各自的解读，正如"一千个观众眼里，有一千个哈姆雷特"。关于《今生十年》这部小说，它不仅表达一种关于爱情的思索，更是表达一种关于理想、关于人生的思考，是对青春的伤逝、是对岁月的叹息。这种思考是粗浅的，也是沉痛的；这种思考是寻常的，也是无奈的；这种思考是个人的，也是社会的。

　　"二十一年如斯梦，我笑英雄太匆匆。十世落花知为谁？唯有伊人江南泪。纵使相逢应不识，只是三江一才子。无奈草色尽飘零，天涯如故人如梦。"《今生十年》是成长的忧伤和柔肠，是一种幽幽的感觉，悠远而深刻。

性情中人的性情文字

——读胡续冬的《浮生胡言》

前些天，在上海福州路上海书城，我被一本红色封面的书吸引，封面上"一个北大青年学者的'土鳖'生活和另类观察"的介绍诱惑我忍不住掏钱买下，这本书的书名叫《浮生胡言》，作者是胡续冬。

《浮生胡言》书中"浮生"是胡续冬和娘子阿子婚后共享的渺小而快乐的"浮生"，"胡言"并不是胡话胡说，而是性情中人胡续冬的性情文字。

最早知道胡续冬，因为他的诗，他被视为 20 世纪 70 年代出生诗人的代表性人物，历获"刘丽安诗歌奖""柔刚诗歌奖"和"明天·额尔古纳诗歌双年奖"等多种民间诗歌奖项。2002 年胡续冬开始在《书城》《新京报》《东方早报》和《世界博览》等报刊开设专栏，成为知名的专栏作家。

《浮生胡言》是胡续冬在《新京报》等报刊撰写的专栏文章的不完全汇编，书名也是他在《新京报》的专栏名。众所周知"浮生胡言"中的"胡"有两层意思，概括起来就是"一个姓胡的家伙关于人生的胡说八道"。胡续冬认同这个有些自嘲感的名目，当然，这缘于他作为一个读书人对自己无比的信心。

媒体上的专栏，虽然都叫专栏，但五花八门，各种文体、各种内容都可入内，是一个典型的大杂烩。而胡续冬的文字在良莠不齐的专栏里脱颖而出，受到大面积的欢迎，这自有它的道理。按照《新京报》第一任责任编辑王小山的评价来说，千言万语汇成一句话，就是因为胡续冬有非凡的洞察力。

著名女诗人翟永明说胡续冬爱自称"废话篓子"，其实在这个语言只服务于功能的时代，诗歌就是"废话"，诗歌之外的"胡言"肯定是绝妙的"废话之篓"。百度胡续冬贴吧"斑竹阿尔小小"深有体会，他在贴吧上写道："我不是胡瓜，也不是冬瓜，至少自己没有往那上边靠。有那么几天看到了一本

《世界博览》，百无聊赖下偶见胡续冬的专栏，心生嫉妒，这厮是谁？！而后在挠痒痒般的矛盾心理下，上蹿下跳地找齐了含有胡哥作品的《世》，坐在射进宿舍窗户里明亮但粉尘飞舞的阳光里疯狂阅读，有一堆稀奇古怪的泡泡在大脑里欢腾。我觉得自己算是完了，完全沦陷。"

《浮生胡言》从书的内容来看，胡续冬写的都是小事，毫不夸张地说，甚至很少超出家庭朋友生活范围的点点滴滴。从小事入手是很多如他般的学者所不屑为的，这正是胡续冬的可贵之处。所谓的见微知著，所谓微言大义，在胡续冬的文字中一览无遗。

对于胡续冬文章里释放出来的聒噪，各人看法不一。有人觉得是风格独特的"学院无厘头"；有人喜欢里面"平常生活中的异趣"；有人坚信他绘出了另类知识分子眼中的风俗卷轴，是特殊年代的民生巴洛克，这些都远远超出了他对文字的驾驭的能量。

但不管怎么样，《浮生胡言》这本书给我平淡的生活荡起了一圈又一圈细细的波纹。

瞬间之美

——读阿巴斯·基阿鲁斯达米诗集《随风而行》

风对于人类来说，无疑是最亲密的朋友之一。而风来无影，去无踪，又给人类以无尽的美和遐想。不论在哪一种文化里，都有把想象与风直接关联的传统，无疑这一主题也就很容易延展到现代波斯诗歌。

"白色马驹/浮出雾中/转瞬不见/回到雾里"，电影或者图片并不总能捕捉到风中短暂但重要的瞬间，而一段文字，却可以有效地见证精确、珍贵然而转眼即逝的瞬间，并且极富表现力，这就是伊朗人阿巴斯·基阿鲁斯达米仔细地观察留给我们的画面。显然，这样的瞬间，别的方式无法再现这个景象。

在中国，阿巴斯·基阿鲁斯达米是深受广大影迷喜爱的电影导演，而在伊朗，阿巴斯·基阿鲁斯达米不仅仅是一位电影人，也是一位诗人，他的诗歌写作比他其他的艺术行为要早得多。

《随风而行》收录了阿巴斯·基阿鲁斯达米用波斯文所写的精短诗作，他的诗背靠着悠久深厚的波斯诗歌传统，经常以哲学或冥想为基础，但在体裁上，却"向辉煌千年的美学传统中诗歌的形式特征宣示决裂"，做到韵脚和格律的彻底自由。因此，阿巴斯·基阿鲁斯达米被称为"他那一代，或者那个世纪中最激进的伊朗诗人"。

我们在看阿巴斯·基阿鲁斯达米的电影时不难感到他导演的诗意，而阅读他的诗作会让我们首先注意到那些电影般的瞬间，然后，诗里轻盈跃动、随风的步伐，把我们一步步引向一种崭新的语言状态。

《随风而行》以诗歌的形式展示了一位艺术家对充满微妙差别的世界的专注凝视和细致观察，将古今最优秀波斯诗人最恒久的抱负，嫁接到当代的焦虑，让我们审视身边的事物和景象，领悟日常世界的诗意本质。

阿巴斯·基阿鲁斯达米似乎只写短诗，比中国古代的五言绝句、七言绝句还要短，《随风而行》或许令我们想到日本的俳句，从一小段词句漫游到另一段。诗人西川在《随风而行》序中写道：据阿巴斯·基阿鲁斯达米诗歌英文译本的两位译者阿赫玛德·卡利米－哈喀克和迈克·毕尔德说，日本俳句也难见这样的活跃和加速度。阿巴斯·基阿鲁斯达米诗歌与日本俳句之间还有一个不同，那就是，日本俳句是诗人在悟性的参与下，从时间中的自然与生活里截取诗意，而阿巴斯·基阿鲁斯达米通过他顿悟般的捕捉，赋予生活以诗意或反诗意。也许"诗意"不是一个准确的词，应该叫"滋味"。

《随风而行》诗句投射的光芒只是瞬间的闪亮、瞬间的美，而事物却在恒久地运动。不难想象，阿巴斯·基阿鲁斯达米总是将人置于天地之间，扩展了自然，又超越了自然。

裸露的美感

——读弗朗索瓦·于连的《本质或裸体》

阅读法国哲学家、汉学家弗朗索瓦·于连的《本质或裸体》，任何人都会被书名中的"裸体"两字和书中的裸体摄影与图片吸引，也会被裸露的身体揭露的真实震撼，并夹杂着某种隐微欲望的延伸。

《本质或裸体》一书讲述了裸体雕刻、绘画与摄影艺术的本质，以及揭示了中西方裸体与本质的比较，充满了学问的趣味和思想的挑战。裸体的本质性元素——它是具有一种打破闭锁的力量。当西方人面对裸体作品时，都带着一种司空见惯的麻木目光，而在中国的传统中，人们不仅看不到裸体，而且到处言说着裸体的不可能存在，并以谈论裸体为羞耻。

什么是西方艺术中裸体的本质，为什么中国艺术中没有裸体？弗朗索瓦·于连以其独特的视野和角度，将这样的问题摆到了读者的面前。在西方，裸体从古到今，渗透各种意识门类，并且成为西方艺术的基础。即便是教会遮掩了性，却也保留了裸体。裸体似乎从未深入一个广袤的文化空间中，这便是中国的文化。而令人惊诧的是中国艺术中不乏人物绘画和雕塑。

裸体总是与人们对真实的期盼相关，其中也紧密联系着欲望的浮浮沉沉。《本质或裸体》一书中弗朗索瓦·于连以"形式"一词联系了古希腊与近代西方的裸体观，指出了由柏拉图经由普洛丁（Plotinus）到西方近代似乎有的一贯线索。一般而言，近代的裸体已经失去了本体论的意涵，变成一种美感和知识的对象，与解剖学、数学紧密相连，如同达·芬奇所见证的，裸体已经成为客观性的展示。

裸体并不成为中国哲学艺术与创作的关心点，这并不意味着中国哲学艺术不关心透过身体以开显本体。相反地，对于中国人而言，一个人的神态动作和衣物更能表现和传神雕刻、绘画等艺术，不直接以赤裸裸的身体来表现，这主要和中国几千年来的文明有关，即孔老夫子的"礼"，认为人性必须经由礼而实现。

裸露的美感是通过裸体来实现的，它是最本质"物自体"的问题，以最直接的——正面面对的——方式，使人感受到本体论的可能性。弗朗索瓦·于连认为，裸体在西方艺术中具有本体性地位，当裸体作为一定距离之外的对象呈现时，它成为逼人正视的本质性存在，将感性与理性、物理与意念、情欲与精神、自然与艺术的二元对立推向极致从而超越其上。而中国文化艺术以和谐、自然为主旨，追求一种"神似"和流动的气韵。静态的、单一的裸体因此无法成为中国艺术哲学和创作的重点。

针对中西文化的差异，弗朗索瓦·于连冲出了本土文化和异文化之间的樊篱，更透过中国文化的视野，对西方自古希腊时代以来的哲学文化提出诘问和反省，开拓出中西文化互动的新思路。无疑，《本质或裸体》对于中国读者艺术哲学的创作有着极大的参考和启示作用。

让思想永远醒着

——读张治生《瘦果集》

翻开《现代汉语词典》，我找到了"瘦果"的词语解释："瘦果：干果的一种，比较小，里面只有一粒种子，果皮和种子皮只有一处相连接，如白头翁、向日葵、荞麦等的果实。"濮院文化老人张治生身材瘦小，自喻"瘦果"，业余笔耕不辍，收获颇丰。自然而然，《瘦果集》在他的精心培育下"挂果"了。按照张老先生的话来说，这个果子虽然瘦小，但它的内核还是比较坚硬的。面对一个年近七旬踏踏实实本本分分做事，勤勤恳恳认认真真做人的老人，我还有什么理由不佩服他呢？正是基于这样的一个好印象，我开始《瘦果集》的阅读的。

《瘦果集》一书收录了张治生老人发表过的上百篇文章，有诗歌、散文、小说、报告文学、评论以及民俗故事等。张治生老人是濮院镇九茎堂中药店第三代传人，职称中药师，电大中文专科学历。凭着对文学的挚爱，他一生淡泊名利，潜心写作。起初用笔写，感觉还算流畅，思路活跃。后来出现了电脑，因为不懂，他硬是做起了"宅男"，闭门不出开始原始状态的"一指禅"，借助搜狗拼音，挤牙膏式的一个字一个字地挤出来。

张治生老人的写作是宁静的、别致的，特别是他的诗歌，相对于目前的地域、时尚、先锋、深邃的诗坛，他的诗自有一种平实、清远而古朴通透的品格。他总是把现实提到形而上的高度加以思虑、追索，思绪往返于天地之间，通达前生来世，给人以立体的开掘、支撑和邈远的想象、塑造。这种功效，源于他对于中药神奇的观照。他的诗歌，在做人、写作和宇宙意识等方面都给人丰富的启示，在当今这个物质高度发展、精神极度受挫的时代，其意义更是显得尤其重要和深远，是值得学习和珍视的。

张治生老人的散文短小精悍，具有浓郁的乡土情结。那如潺潺流水般朴实无华的文字，沁人心脾，情真意切的感悟、充满哲理的思考给人以深刻的启迪，引发强烈的共鸣。也许是因为职业的缘故，他的散文免不了药味十足，一味味花草瘦果皆可入药，且味浓郁而芳香。濮院，这座江南水乡古老的小镇，像一条五彩斑斓享誉千年的濮绸迎风起舞，生于斯长于斯的张治生，便做起了这美丽绸缎上的一条春蚕，吐着柔软而顺滑的银丝线。对于濮院他情有独钟，家乡的一草一木、一砖一瓦、一桥一街，在他的字里行间，处处透露出孩子般的欣喜和游子般的眷恋。张治生老人是一个豁达、宽容的人，他一生没有积蓄，常常以"上无片瓦，下无寸土者"自嘲，这是一种何等的人生境界？喜欢书，爱读书，爱写作，是一件美好的事情。这种美好，在张治生看来，是生活中最平常不过的一件事情，就像吃饭睡觉一样，是人生中不可缺少的。

年轻时的张治生喜欢看电影，一部电影看下来，真是少不了一番感慨。张治生就是这样一个有心人，他每看完一部电影，都免不了要动动笔，记下故事梗概和感想，哪怕是只言片语。电影《共和国不会忘记》《疯狂的代价》《上海舞女》《北京，你早》等影片上映后，张治生的影评《一尊粗狂的改革者雕像》《代价有"法盲"付出》《化腐朽为神奇的佳作》《艾红移情的社会内涵》也就第一时间在《嘉兴影评》《南湖影讯》和《银幕天地》杂志上刊登，引起了社会的广泛关注，反响强烈。

对于吃惯了大鱼大肉的人来说，青菜萝卜也是美味。《瘦果集》中的"青菜萝卜"就是张治生老人下放时走村串户收集到的近千条乡音俚语。这些乡音俚语在上了年纪的濮院人的交流中经常会出现，而且使用频率比较高。乡音俚语生动形象（甚至有些粗俗），但并不妨碍张治生老人把它传承给后人。当然，随着时代的变迁，有些口语被淘汰是必然的，而作为"非遗"的传承者，退休了的张治生老人始终在默默地工作着、奉献着。

冬日阳光下，捧读张治生老人的《瘦果集》是一种享受。阳光温暖地照着，一个中药师诗情画意的历练人生；几十年舞文弄墨的精彩故事，一一展现在我的眼前，让人心旷神怡。放下手中的书，《瘦果集》里"五多"给我留下了深刻的印象：歌颂多、赞美家乡多、乡音俚语多、家庭小事多、真情实感多。也正是这些"多"，才给读者展现了一个鲜活的、自信的、真实的文化老人的高大形象。

"让思想永远醒着"，杭州《都市快报》首席评论员徐迅雷的话，说出了张治生老人的心声。《瘦果集》一书行文流畅情感细腻，张治生老人用一生全部的力量、全部的热情和激情进行创作，他追寻着自己心中的梦想。在未来的日子里，我们衷心希望这小小的"瘦果"依然生根发芽，开花结果……

我们期待着！

闲人有闲趣

——读傅林林的《闲趣集》

　　我虽然不懂书法绘画，却喜欢看别人写的字、画的画。闲暇时会取出一本小册子，书法也好、画册也好，看了又看，直到心旷神怡，拍案叫绝。甚至有时轻轻合上书，然后点上一支烟，再把它翻开来认真地品读、细细地玩味，这种闲趣，当然是不经常有的。

　　去年冬天的一个上午，我到市政府开会，午餐后至傅林林先生办公室小坐。我们喝茶闲聊，海阔天空。言到欢处，傅林林拿出一本他新出版的书法随笔集——《闲趣集》送我。他说，之所以取名"闲趣集"，意思是利用空闲时间，练练书法、写写随笔，闲趣偶得成册，权当自娱自乐。集子的出版，圆了他几十年来对艺术追求的美好夙愿。

　　下班后，我迫不及待地从包里捧出这本《闲趣集》。我被它装帧精美、高雅大气、散发着浓郁的油墨香味深深地吸引了，忍不住徜徉其间，图文并茂的随笔、清新隽永的书法，展示了傅林林先生良好的文学功底和艺术才华。

　　对于傅林林先生，我是来到桐乡工作后才认识的，相识时间虽然不长，但他的为人之道以及在书法上的造诣，都给我留下深刻的印象。傅林林先生为人和气，没有官架子，男女老少他都以诚相待。关于傅林林先生的书法作品，《闲趣集》序中有范汉光老师中肯而又恰如其分的评价：点画间渗透着超逸的清气与淡雅，字里行间，都是他追求的以豪放、雄强、奇伟为特色的风骨，那就是在"清、淡"人格蕴涵中的疏朗书风。他的隶书，敦厚而含蓄，雅健而静穆；行书古韵绰约，凝重而苍浑，字字奔腾，大气磅礴，豪情鼓荡。

　　一方水土养一方人，桐乡自古名人辈出，文化底蕴深厚，大师们至上的道德修养、审美意识和思想品质深深地影响了傅林林。他朴实的文风，亦如他的书法，挥毫落笔，轻松自然，水到渠成，天然成趣。在繁忙的工作之余，傅林林先生写下了很多回忆童年的文章：《野米饭》《看电影》《养鸡》《放鹞子》等随笔，就像一首首宁静的小诗，描绘出一种别样的情致来，在他童年最真的记忆里，我们重温了曾经有过的那一段段经历。那手表、那桥响、那蝴蝶、那咸菜面，都充满了生活的情趣和人间的温馨。这种回味是美好的，它是在追溯，这种追溯不是复述的回想，而是在提升，融入更简净的印象记忆。

我把《闲趣集》读了一遍又一遍，每一次品读，都会有新的顿悟。这种顿悟源自心灵的感动。正如《闲趣集》出版前，曾有朋友建议傅林林先生用公开书号，他只是笑笑而已，用不用都无所谓，反正书是送送人的。这种平常心，恰是傅林林先生淡泊心境的真实写照。

写字和作文，傅林林先生有他自己独到的见解，他不为出名，他是在寻找闲趣，在自己平淡的生活中享受人生的恬适。他清楚地知道，真正的艺术是来不得半点虚假的，更不能怀有功利之心。因此，几十年如一日默默无闻，刻苦钻研，勤奋努力地创作，铺就了傅林林先生越来越宽广的艺术道路。

生活是需要闲趣的，闲趣也不存在什么雅俗贵贱之分。我在凤鸣公园游玩时，常看到池边有游人垂钓，廊下有游人对弈。我对这样的游人素来敬佩，这种情境下，人会忘却纷繁尘世的喧嚣，自然处于一种放松状态，更有着一种只可意会，不可言传的闲趣。写到这里，我忽然记得张心斋《幽梦影》里有这么一段话："人莫乐于闲，非无所事事之谓也。闲则能读书，闲则能游名胜，闲则能交益友，闲则能饮酒，闲则能著书，天下之乐，孰大于是。"这个"闲"，其实就是闲趣的意思。在我看来，像傅林林先生读书、写字、作文和出书这等事，真是需要有那份悠闲心情的。

书香织锦夏如春

——读夏春锦的读书随笔集《悦读散记》

认识夏春锦纯属因文结缘。

入夏的一个晚上，诗友余荣军打电话来说，请我到人民路与校场东路交叉口的茶印江南喝茶，梧桐阅社的几个铁杆文友都在，相互认识一下，还就读书刊物《梧桐影》创刊号的编辑与装帧提些意见与建议。我便欣然前往。

刚到茶室门口，一位皮肤白皙、戴着眼镜的帅小伙出来握手相迎，自我介绍说，他名叫夏春锦，福建寿宁人，现客居桐乡，以教书为业，痴迷读书。随后夏春锦拿出一本他刚刚由四川出版集团天地出版社出版的读书随笔集《悦读散记》送给我，爱书的我迫不及待先睹为快，书拿在手中轻轻地翻看，淡淡的油墨香顿时钻入了我的鼻孔中，一种奇异的感觉从心中升起。

呵，久违了的油墨香！曾带给我多少美好的想象和难忘的记忆！

《悦读散记》是夏春锦正式出版的第一本书，书中收录了他近年来发表在各大报刊的书评、随笔和阅读日记，分为"以书会友""悦读漫话"和"悦读日记"三部分，内容皆围绕书人书事，有与名家、书友的交往；有读书的心得；有个人读书生涯的回顾；有淘书购书的经历……呈现了他痴迷于阅读，以书为友、探索求知的生命追求。作为一个出过近10本书的过来人，我深深明白出书的酸甜苦辣个中滋味，这是兴趣与心血的结晶。夏春锦年轻，学识渊博，具有扎实的文字功底和丰富的写作经验，因此书中文章行文流畅、底蕴深厚，思想性、学术性、知识性和艺术性都很强，堪称佳作。

夏春锦是一位老师，在繁忙的工作之余，仍然勤奋读书，这是难能可贵的。阅读是快乐的，夏春锦像一粒渴望长大的种子一样，努力地在书中汲取知识营养，而书在他眼中也不再是一个枯燥乏味的印满文字的厚本子，而是一个藏满了宝贝的阿里巴巴的山洞。夏春锦说："因阅读而悦，当时一种无功利的审美体验。撷取芬芳，充盈内心，于喧嚣浮躁之中寻得方寸净土、片刻宁静。"夏春锦是纯粹的人，他朴实内秀，他默默无闻的悦读境界，造就了他淡泊宁静的人生品格，笔端流出的必然是隽秀淡雅的文章。《悦读散记》展现了夏春锦阅读的趣味，从阅读到悦读、朴实的文字、写作的激情……而这一切的一切，就需要我们用心去发现、去聆听。

阅读不仅是一个人修养的标志之一，也是一个人完善自我、塑造自我、提升自我、凝聚智慧的重要途径之一。高尔基说："书是人类进步的阶梯。"夏春锦左手握夏右手握春书香织锦，他让平淡的生活变得有滋有味。读书破万卷，下笔如有神，是阅读给夏春锦带来了写作的灵感，也给他渊博的知识增添了翅翼。《悦读散记》就像一首诗，能让你在普通的日子里读出韵味；是一阵雨，能让你在枯燥的日子里湿润起来；是一片阳光，能让你在阴郁的日子里明朗起来……夏春锦如痴如醉的阅读经历将带着你踏上一次清新而愉悦的心灵之旅，或者做一个梦、或者洗一个思想的澡、或者去寻找无价的人类的聪明才智，让人不自觉地爱上书、爱上读书。

后 记

守住寂寞，成就大我

默念远去的日子，总是免不了感喟：时间过得真快啊！

冬天来了，江南的第一场雪下得温柔而又缠绵。当我在电脑上敲下这些文字的时候，"姗姗来迟"，这个词语已经不可遏制地塞进我的脑子里，不容我有半点的推让和拒绝。满心欢喜，我仰头张望水云庄咖啡吧飞雪迷蒙的窗外，竟找不到一丝痛彻心扉的愁。

我知道，不远处，春天正气势昂扬地朝我奔来，带着浓郁的芳香和多彩的花冠，像个骄傲而又美丽的公主，此刻，除了自我陶醉我还能做些什么呢？

一直静不下心来，浮躁的情绪仍在蔓延，从脚跟一直漫到脖子，有些冰凉的，还有些是热气腾腾的，冰火两重天的感受让自己陷入不可名状中无法自拔。

在写诗歌时，情绪左右了我，让我处于茫然无措中，凌乱而又粗糙地应付油盐酱醋疲惫的生活。2019 年出版第四本诗集《像风一样奔跑》（四川民族出版社出版）以来，我努力调整自己的心态，在时光和岁月的打磨中，渐渐褪去不安和慌乱，以一种更加务实和沉着的态度面对生活。

"不驰于空想，不骛于虚声"，人到中年，自己对人生多了更深层次的思考和领悟。闲暇时分，一个人喜欢在水云庄美丽的咖啡吧，靠在木栏杆上，沐浴着冬日暖阳，泡一杯清风姜茶，手执一本书刊，在时光的氤氲中，怡然自乐。

多年来，我慢慢疏远了诗歌，从独自内心的自虐中跳跃而出。漫步在散文的边缘，欣闻灵性文字散发的清香，忘我地陶醉。在散文的写作中，我不断地锤炼写作功底，推敲语言文字，用散文这种"形散而神不散"的文体，表达抒发内心的文学情怀。

很多篇文字我是由感而发，一气呵成的。我没有追求文字的华丽，也没有刻意表达内心的不安，在平铺直叙中把故乡的人文历史、生活的点滴、阅读的感悟和所观所思罗列出来。

守住寂寞，成就大我。即使是平凡的一生，也拥有观云卷云舒、看花开花落的闲情雅致。结集出版的这本散文集，是我多年来写下的文字积累，也是我一个阶段的写作回顾，希望用朴素无华的文字在浅浅的岁月中留下深深的烙印，在以后的时光中慢慢品悟和回忆。

金卫其

2023 年 1 月 8 日于吴泾绿州

附 录

金卫其出版作品

苦涩的芬芳

金卫其 著

开　本：32开
定　价：5.98元
出版社：大连出版社
书　号：ISBN 7-80612-133-1/1·32
时　间：1994年
类　别：诗歌

一代清官陆稼书

金卫其 编著

开　本：32开
定　价：港币10元
出版社：香港天马出版有限公司
书　号：ISBN 962-450-662-0/D·50342
时　间：2006年
类　别：民间故事

记忆的村庄

金卫其 著

开　本：32开
定　价：12.80元
出版社：中国戏剧出版社
书　号：ISBN 7-104-01456-X/J·632
时　间：2003年
类　别：诗歌

向上的树

金卫其 著

开　本：32开
定　价：18.00元
出版社：珠江文艺出版社
书　号：ISBN 1561-34814-6
时　间：2007年
类　别：诗歌

不可能之可能

金卫其 著

开　本：32开
定　价：12.80元
出版社：重庆出版社
书　号：ISBN 7-5366-6817-1/1·1214
时　间：2006年
类　别：散文

湖畔鸿爪

金卫其 著

开　本：32开
定　价：20.00元
出版社：中国文史出版社
书　号：ISBN 978-5034-1965-2/G·0435
时　间：2007年
类　别：新闻作品

陆稼书的故事

金卫其 编著

开　本：32开
定　价：38.00元
出版社：吴越电子音像出版社
书　号：ISBN 978-7-900498-71-7
时　间：2013年
类　别：民间故事

陆陇其临兰亭序

金卫其 编

开　本：16开
定　价：100.00元
出版社：西泠印社
书　号：ISBN 978-7-5508-3081-3
时　间：2020年
类　别：书法

清官陆稼书

金卫其 编著

开　本：32开
定　价：280.00元（全三册）
出版社：浙江古籍出版社
书　号：ISBN 978-7-5540-1603-9
时　间：2019年
类　别：诗歌、故事、书法（三卷）

欸乃一声三泖间

金卫其 著

开　本：32开
定　价：398.00元（全10册）
出版社：上海文艺出版社
书　号：ISBN 987-7-5321-8924-3
时　间：2023年
类　别：散文

像风一样奔跑

金卫其 著

开　本：16开
定　价：48.00元
出版社：四川民族出版社
书　号：ISBN 978-7-5409-8649-0
时　间：2019年
类　别：诗歌

我说泖

金卫其 著

开　本：16开
定　价：78.00元
出版社：中国文联出版社
书　号：ISBN 978-7-5190-5510-3
时　间：2024年
类　别：散文